小嗝嗝・何倫德斯・黑線鱈三世
將踏上他此生（目前為止）最驚險的冒險。

小嗝嗝的龍**沒牙**認為維京人都是瘋子。
可是現在，牠需要這些維京人的**幫助**。

沒牙被羅馬人抓走了，只有小嗝嗝和他的好友魚腳司能拯救沒牙……但事情當然沒這麼簡單。羅馬人還偷走小嗝嗝珍貴的《**龍語詞典**》，小嗝嗝和魚腳司被帶去陰邪堡，情況糟得不能更糟了。

現在，小嗝嗝和魚腳司不僅要拯救沒牙，
還得拯救自己。

到底該怎麼做，才能逃出生天呢？
啊啊啊啊啊啊啊！

和小嗝嗝一起展開冒險吧

（雖然他還沒發現自己已經開始冒險了……）

失落的王之寶物預言

「龍族時日即將到來，

只有王能拯救你們。

偉大的王將是英雄中的英雄。

集齊失落的王之寶物者，將成為君王。

無牙的龍、我第二好的劍、

我的羅馬盾牌、

來自不存在之境的箭矢、

心之石、萬能鑰匙、

滴答物、王座、王冠。

最珍貴的第十樣，

是能拯救人類的龍族寶石。」

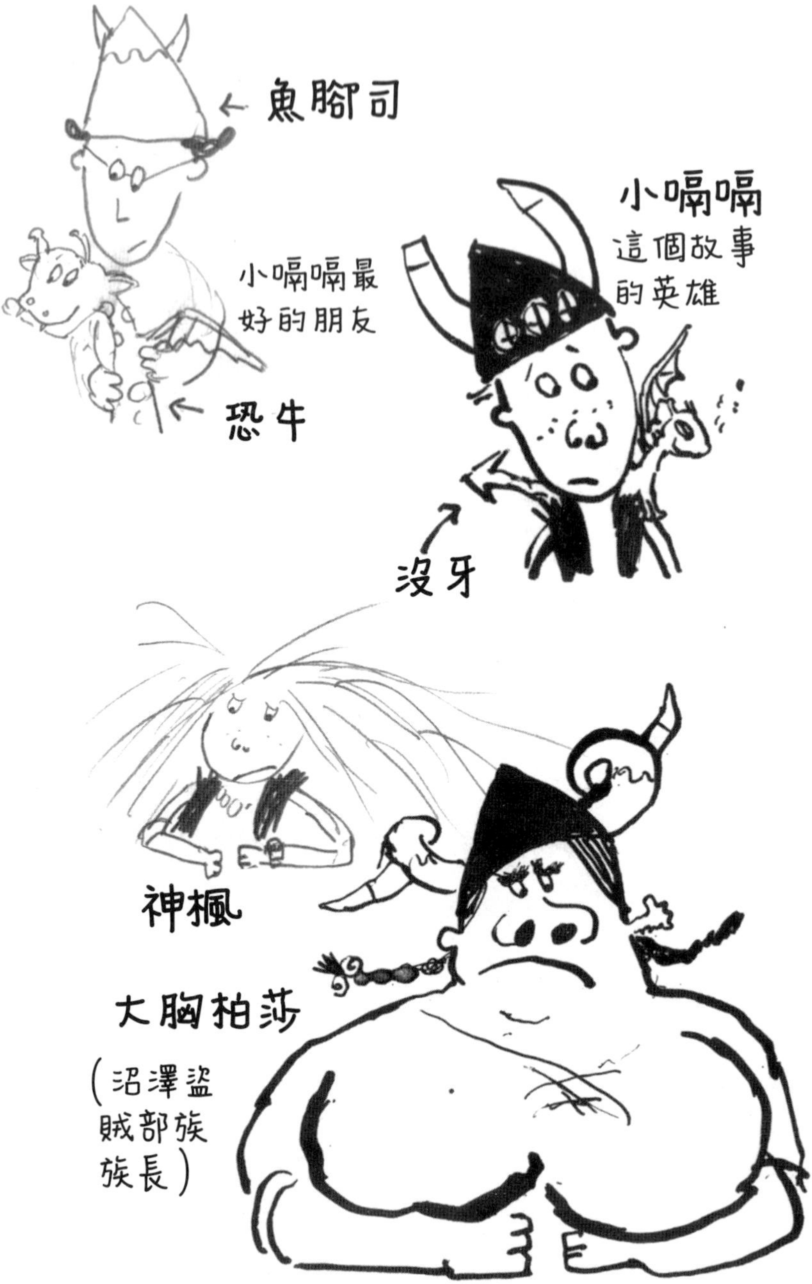

魚腳司
小嗝嗝最
好的朋友
恐牛
小嗝嗝
這個故事
的英雄
沒牙
神楓
大胸柏莎
（沼澤盜
賊部族
族長）

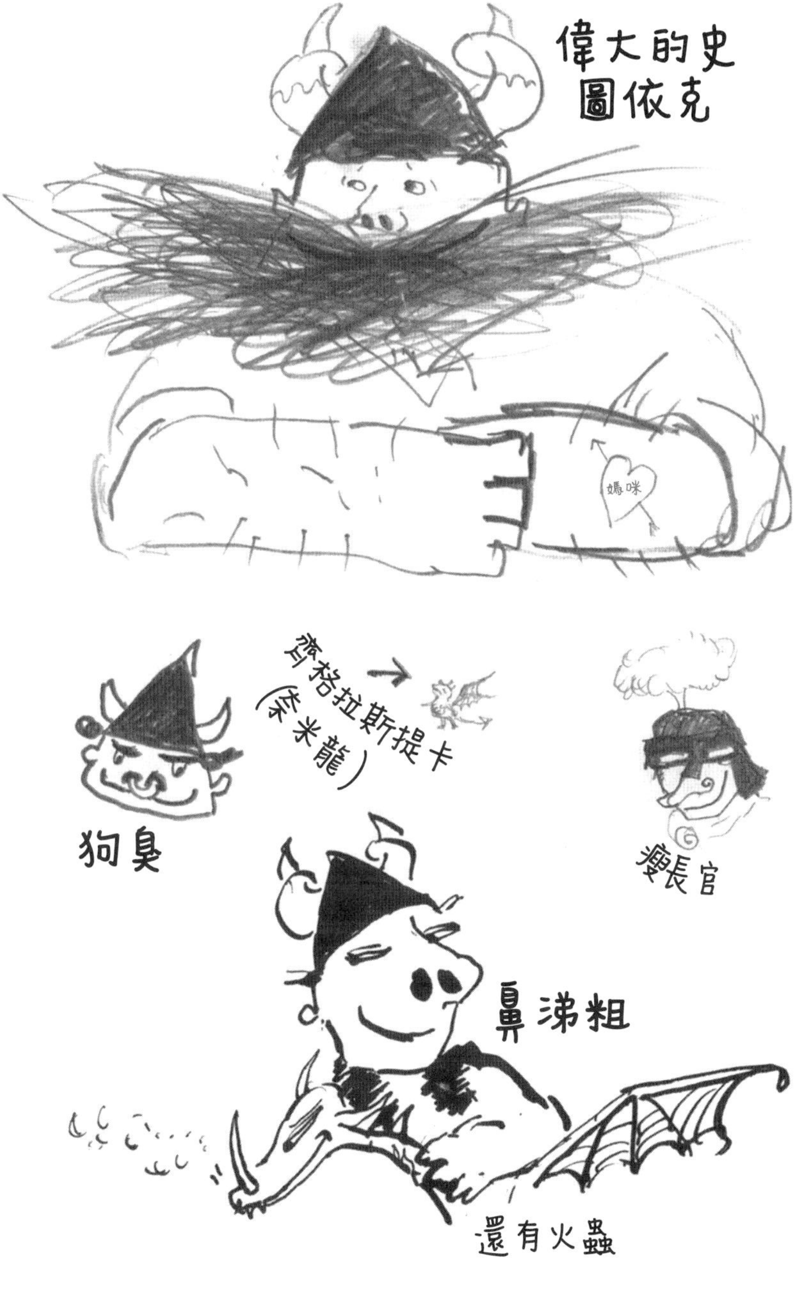

偉大的史
圖依克
媽咪
齊格拉斯提卡
(奈米龍)
狗臭
瘦長官
鼻涕粗
還有火蟲

本書獻給梅西與克萊門汀。

特別感謝賽門•科威爾、卡斯帕•海爾與安德莉亞•瑪拉斯科瓦。

請注意……

黑暗時代真的非常、非常黑暗，有時「現實」和「幻想」會被混淆。

HOW TO TRAIN YOUR DRAGON

馴龍高手 III

陰邪堡的盜龍賊

How To Speak Dragonese

克瑞希達・科威爾

Cressida Cowell

目錄

冰霜荒海
流放者部族領地
島
博克島
和平國度
內海
奧丁的浴缸之海
漁場
淒涼島
傻瓜雙島
夏季洋流
海
迷宮千島
陰邪堡
往羅馬帝國

維西暴徒部族領土
野龍海崖
蠻
荒
群
無情島
牡蠣床
尖頭龍島
海鸚群島
痛揍島
寂靜島
災難海崖
乖
戾
惡徒島
索爾之怒海峽
沼澤盜賊群島
歐斯底里島
野狼森林

小嗝嗝與他的努力劍

世上曾存在龍族。

想像一個存在「龍族」的世界??有的龍比山還高大，在海洋深處沉眠，有的龍比指甲還小，在石楠叢中蹦跳。

想像一個**維京英雄**的時代，在這個時代，男人是男人，女人也有點像男人，甚至有些小嬰兒也有胸毛。

現在，你想像自己是個名叫小嗝嗝·何倫德斯·黑線鱈三世的男孩。你還不到十二歲，還沒成為符合父親期待的維京英雄。當然，我說的這個男孩就是「我自己」，但過去的我離現在的我太遙遠，所以我在故事裡把他當成陌生人看待，從第三人稱視角敘說他的故事。

所以你別想像你是我，你要想像這個陌生男孩、這個有一天會成為英雄的男孩，就是「你」。

你個子很小，有一頭紅髮。你現在還不曉得，但你即將踏上這輩子（目前為止）最驚險的一趟旅程……等你變得和我一樣老，你會說這是「我第一次接觸羅馬帝國」，即使事情已經過去多年，每當想起那次冒險的種種危險，皺巴巴的手臂還是會起雞皮疙瘩……

第一章　登敵船課程

很久、很久以前，在一個很冷、很冷的地方，某個霧氣氤氳的日子，七艘維京小船漂在奧丁的浴缸之海上。霧氣吞噬了北方的和平國度與西方的博克島，幾乎全世界都布滿濃霧，七艘小船彷彿離開了地表與海面，航行在天上的雲朵之中。

第一艘船名叫胖野豬號，船上的大漢是打嗝戈伯，他身高足足六呎半，鬍子像隻被雷劈中的刺蝟，他穿著過小的毛茸茸短褲，腿部肌肉大到像要在肌肉上再長出肌肉了。戈伯是負責博克島海盜訓練課程的老師，今天帶領男孩們在濃霧中航行，傳授

「登敵船課程」。六艘較小的船跟著胖野豬號前進，每艘船都載著兩個男孩，他們是戈伯的學生、毛流氓部族的年輕成員。

「你們這群噁心的鼻涕，聽好了！」戈伯的高喊聲很響亮，站在數英里外的人想必也聽得到。**「我們今天要用和平部族的漁船來練習登上敵船……誰來告訴我，突襲敵人的第一條守則是什麼？」**

「老師，第一條守則是不要被敵人發現！」鼻涕臉鼻涕粗回答。鼻涕粗身形高大，有超大鼻孔和一點點小鬍子，志得意滿的表情讓人看了就討厭。

「鼻涕粗，非常好。」打嗝戈伯稱讚後又用最大音量說：「**在這種濃霧裡，敵船根本不可能看到你靠近！**」

他們可以用、聽、的，好嗎？小嗝嗝．何倫德斯．黑線鱈三世看著一片霧茫茫，鬱悶地想。**除非運氣超級好，剛好遇到又和平又耳背的漁民……**

我這麼說你可能會感到驚訝，不過小嗝嗝．何倫德斯．黑線鱈三世正是這個故事的小英雄──你之所以會嚇一跳，是因為小嗝嗝這個人非常、非常普

通，他個子矮小，長了雀斑的臉平凡到了極點；只要站在人群中，你就很難找到他。

這時候，小嗝嗝養的龍——沒牙——正窩在他的上衣裡睡覺。沒牙和主人一樣普通，唯一值得一提的特點，就是牠體型非常、非常「小」，其他男孩的龍比牠大至少一倍。可想而知，這並不是什麼值得誇耀的事情。

戈伯的叫喊聲把小龍吵醒了，牠從小嗝嗝的衣領探出頭。**「發、發、發生什麼事了？」**牠睡眼惺忪地用龍語說。（註1）

註1 龍語是龍族的語言，這種神奇的語言只有小嗝嗝聽得懂。

「沒什麼特別的。」小嗝嗝小聲回答，順便搔搔沒牙龍角後面的位置（沒牙最喜歡小嗝嗝搔那邊了）。「戈伯在大吼大叫，鼻涕粗跟平常一樣愛現，我們明明可以坐在火爐前取暖，卻漂在這片濃霧裡……你可以繼續睡覺沒關係。」

沒牙輕笑一聲。「你們維、維、維京人跟鯖魚一樣瘋、瘋、瘋瘋癲癲的。」牠說。「等、等、等午餐時間再叫沒牙起、起、起床……」說完，牠鑽回小嗝嗝左邊腋窩旁最溫暖的位置，再次闔上眼睛。

和小嗝嗝同船的男孩，是他最好的朋友——魚腳司。魚腳司比小嗝嗝還要瘦，長得很像長腳蜘蛛，他習慣整天瞇著眼睛，而且還患了氣喘。他舉起一隻手。

「老師，敵人看不到我們是很棒，」他提出十分合理的問題。「可是『我們』也看不到『他們』，要怎麼登上敵船？」

「你的腦袋跟浮游生物一樣簡單嗎？這很容易啊。」戈伯得意洋洋地大聲說。「和平部族的漁船後面通常會有成群的小黑背海龍等著吃魚，你只要跟著牠們發出的噪音航行，就會找到漁船。找到和平部族的漁船後，你就一邊登船一邊喊出毛流氓部族的戰吼，來，大家跟著我叫一次……**呀啊啊啊啊啊！**」打嗝戈伯大叫。

「**呀啊啊啊啊啊！**」十個男孩像瘋子一樣揮舞各自的劍，一起亂叫。

「呀啊啊啊。」小嗝嗝和魚腳司毫無誠意地跟著說。

「和平部族很怕我們毛流氓，至於為什麼，只有奧丁大神知道了……好了，小子們，你們每個人偷一頂和平族頭盔，證明自己有完成任務，再回來找我報到。**這就跟從小嬰兒手裡偷野莓一樣簡單！**」打嗝戈伯聲若洪鐘。

「唉呀，我真傻，差點忘了說……」戈伯漫不經心地大笑。「你們要記住一件事：**絕對不可以離開這個海灣**。這非常重要，因為南方有夏季洋流，洋流的水很溫暖，裡頭有什麼生物不用我多說吧……」

「鯊龍。」魚腳司吞了口口水。

「魚腳司答對了。」戈伯大聲說。「小嗝嗝，你是自然史專家，你來介紹鯊龍吧。」

「謝謝老師，我很樂意。」

被問起最喜歡的話題——龍——的小嗝嗝當然非常開心，他從口袋取出一本老舊的筆記本，封面用潦草的字跡寫著「龍語詞典」，這是小嗝嗝記錄龍語詞彙與各種龍族生活習慣的筆記本。

「嗯……」小嗝嗝有點看不懂自己的字跡。「鯊龍是一種長得很像鯊魚的龍，成年龍身長可達六公尺，至少有五排牙齒——」

「**快說重點啊，小子！**」戈伯吼道。

「鯊龍很愛吃肉，他們會跟在船邊吃落水的人，還會爬上船攻擊人……在陸地上能輕易追上人類……老師，在我看來，如果我們有機會遇到鯊龍，就該立刻離開這片海域。」

「我的雷神索爾啊，」打嗝戈伯笑著說。「小子，你要是做什麼事都這個態度，那乾脆別出門算了。我這是要訓練你們當『海盜』，不是當『小廢物』。」

「老師，那如果迷航怎麼辦？」魚腳司發問。

「迷航？」戈伯嗤之以鼻。「**迷航**！維京人怎麼會『迷航』！」

「就是啊，老師。」鼻涕臉鼻涕粗冷笑。「你怎麼不把沒用的小嗝嗝和那隻長腳的魚踢出毛流氓？他們那麼廢，害我們也跟著丟臉。」

小嗝嗝和魚腳司一臉難過。

「老師，你看看他們的『船』就知道了，」鼻涕粗繼續嘲諷小嗝嗝和魚腳司。「我們明明是維京人，造船技術揚名整個古代，他們造的破船只會讓我們所有維京人都沒面子。」

「鼻涕粗，你以為自己很聰明，是不是？」小嗝嗝毅然回嘴。「我們的船看起來破爛，速度卻很快，你怎麼可以用外表判斷東西的好壞呢……」

但是，鼻涕粗說得不無道理。

比起一艘船，海鸚希望號更像漂在海上的船難殘骸。

這是小嗝嗝和魚腳司在造船課中建的小船，問題是，小嗝嗝和魚腳司都不是做木工的料，他們越做越錯，本該和其他維京船隻一樣又瘦又長的小船，最後變得又肥又圓，而且桅杆太長又歪向左邊，只要一陣強風吹來，小船就會被吹得直轉圈。

此外，海鸚希望號還會漏水。

每半個小時，魚腳司和小嗝嗝就得用小嗝嗝的頭盔把積在船底的海水撈出去（魚腳司的頭盔也會漏水）。

打嗝戈伯望向海鸚希望號。

「嗯……」戈伯若有所思。「鼻涕粗，你說得有道理。**好了！**」他又接著說。

「我吹喇叭，就代表任務開始。」

他把一支捲捲的喇叭舉到嘴邊。

「唉唉，我的跳跳水母啊。」魚腳司呻吟。「我最、討、厭海盜訓練課程了！我們一定會迷航……一定會沉船……一定會慢慢被鯊龍吃掉……」

嗶——咿——咿——咿——！喇叭聲響起。

海鷗
希望號

第二章　鯊龍

喇叭聲漸漸在空氣中消失，海霧也緩緩散去，大家終於能看到整片海灣。右邊遠處是和平國度灰色的輪廓，還有四、五艘和平部族的漁船，附近聚集了好幾群不停尖叫的黑背海龍。

「在那邊！」尖刀和小悍夫那特齊聲大叫。他們的渡鴉號轉向漁船。

「魚腳司，我們沒問題的！」小嗝嗝興奮地喊道。「我看到漁船了，往那邊前進！」他突然

鼻涕粗

鼻涕粗的朋友，狗臭

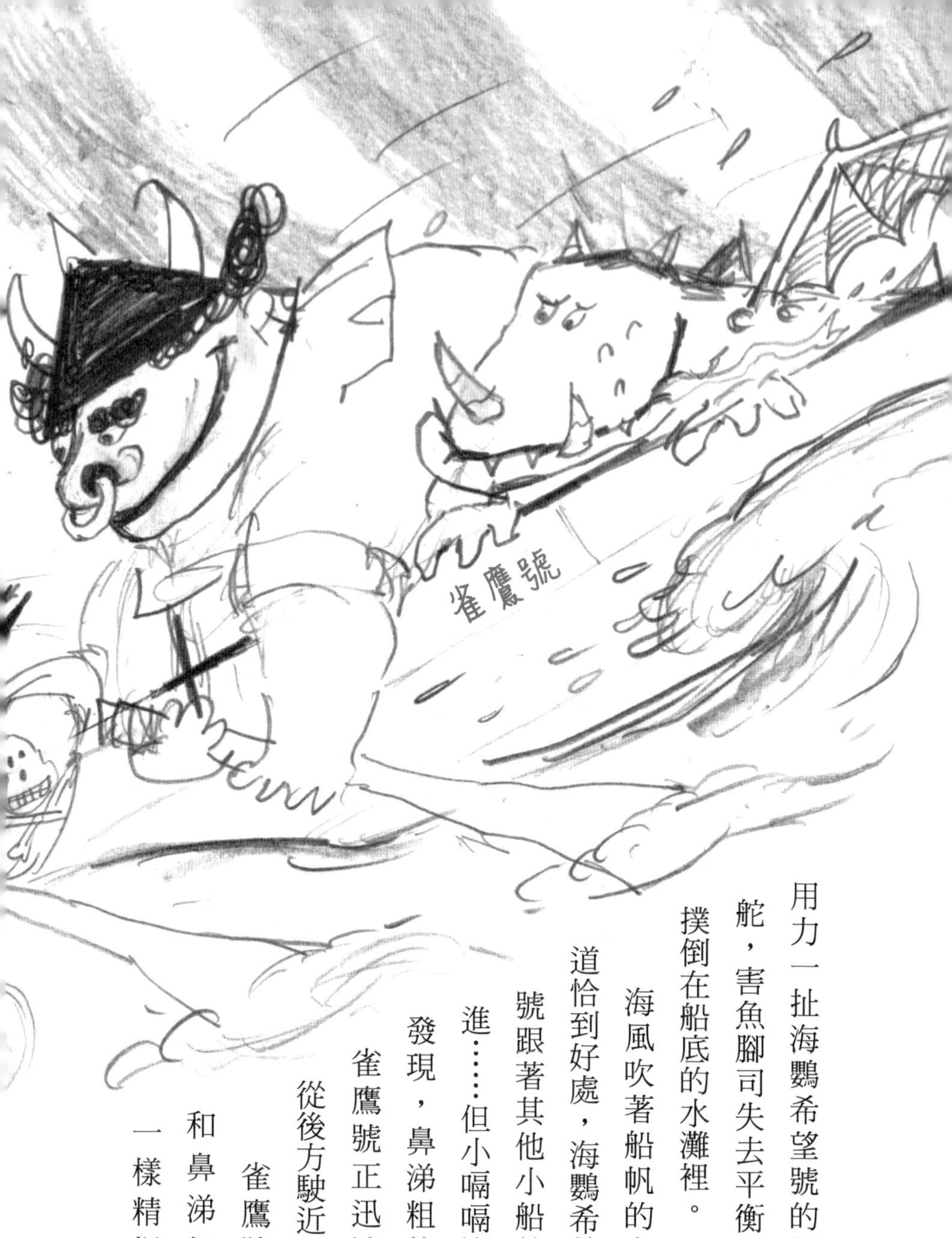

用力一扯海鷗希望號的船舵，害魚腳司失去平衡，撲倒在船底的水灘裡。

海風吹著船帆的力道恰到好處，海鷗希望號跟著其他小船前進……但小嗝嗝沒發現，鼻涕粗的雀鷹號正迅速從後方駛近。

雀鷹號和鼻涕粗一樣精悍

凶狠，這是艘榆木造的好船，船頭異常尖銳，能像斧頭劈穿扇貝那般，輕而易舉地切割海水。鼻涕粗最好的朋友——無腦狗臭——正在駕駛雀鷹號，他是個虎背熊腰、全身是毛的惡霸，還穿了鼻環。狗臭笑得超級開心，鼻涕噴得到處都是。

「火蟲，上啊。」鼻涕臉鼻涕粗悄聲下令，他養的血紅色猛烈凶魘立刻從他肩膀跳出去，從後方俯衝、撞向小嗝嗝，還邊飛邊尖叫。

火蟲飛了下去，用爪子將小嗝嗝的頭盔往下壓，遮住他的視線。小嗝嗝嚇得放開船舵，就在這時，雀鷹號撞上海鸚希望號左舷，小嗝嗝與魚腳司的船被撞凹了。

「唉呀，對不起啦，『小沒用』！」雀鷹號完好無損地繼續前進，經過海鸚希望號時，鼻涕臉鼻涕粗嘲諷道。「你們的小破船實在太小了，我們都沒看到它！」

「哈、哈、哈。」無腦狗臭捧腹大笑。

海鸚希望號被撞得連連轉圈。

小船搖搖晃晃地轉了好幾圈，樣子有那麼點像分不清東西南北的海膽。小嗝嗝費了好一番工夫才抓穩船舵，魚腳司呻吟著從水灘爬起來。

海鸚希望號轉了最後一圈，又迅速前進。

可是四周都是濃霧，附近的事物比之前更難辨別了，小嗝嗝才轉了那麼多圈，現在根本不曉得小船在往哪個方向航行。鼻涕粗和狗臭的訕笑聲漸行漸遠，周遭只剩詭異的寂靜。

「其他人都跑去哪裡了？」魚腳司問。

「噓，別講話，」小嗝嗝示意他安靜。「我在聽聲音。」

之後漫長的十分鐘，兩個男孩不發一語地坐在船上。

他們只聽到海水拍打船身、勁風吹動船帆的聲響，小船被吹得迅速行進，但風究竟要把他們吹到哪裡去呢？小嗝嗝和魚腳司瞇著眼睛望向濃霧，在靜謐的海上努力傾聽，滿心希望能看到、或聽到什麼。

然而，他們什麼也沒看到，什麼也沒聽到。

不知道是不是小嗝嗝想像力太旺盛，他覺得周遭空氣變得比剛才溫暖一點點，他把一根手指伸到海裡試水溫，海水似乎比平常稍微暖了點。他想起戈伯不久前提到的夏季洋流與鯊龍，不禁感覺到冷冰冰的恐懼竄下背脊，四周不斷變動、陰氣森森的霧似乎化成鯊龍鰭的形狀……

「那個，我好奇問一下，」魚腳司故作輕鬆地問。「鯊龍都怎麼攻擊人啊？」

「這個嘛，」小嗝嗝邊回答邊再次轉向，希望能回到相對安全的海灣。「**理論上**，鯊龍只會攻擊受傷的人。就算你不在水裡，他們聞到血的味道還是會發狂，他們有魚尾巴也有腳，所以為了吃到你，還可能**爬上船**。鯊龍可以離開海水超過十分鐘，不過他們喜歡把人拖回海裡再殺死，這就是『海盜龍』這個綽號的由來。」

「**好棒喔**。」魚腳司焦慮地檢查自己身上有沒有擦傷。「你覺得溼疹算是傷口嗎？還是要割傷才算？」

「我不確定耶，」小嗝嗝說。「我沒看過鯊龍啊。」

「唉，情況越來越『棒』了。」魚腳司說。「我生為維京人真是太好運了，如果我是羅馬人，那還得了？」（羅馬人是維京人的死對頭，他們都凶巴巴的，還想征服全世界，而且已經快成功了。）「當羅馬人一定超『無聊』，整天在那邊泡熱水澡、穿著托加長袍悠悠哉哉生活，那有什麼好玩的？還不如在外頭呼吸新鮮空氣，認識一些長了滿嘴利牙、聞到血腥味就發狂的猛獸……」

「噓——」小嗝嗝又一次轉向，這已經是第九次了。「我們看看這次聽不聽得到其他人的聲音……」

可是這一回，他們還是什麼都沒聽到，而且濺在小嗝嗝腳踝上的海水絕對是溫的，不可能是錯覺。

「**沒牙肚、肚、肚子餓。**」小嗝嗝胸口傳出悶悶的微弱聲音，嚇得兩個男孩猛地一跳。

小嗝嗝不聽話的小龍——沒牙——從小嗝嗝領口探出鼻頭，整個身體鑽了出來，牠睡眼惺忪地沿著小嗝嗝的脖子往上爬，爬到牠最喜歡的位子。沒牙在小嗝嗝的頭盔上坐下，甩了甩翅膀，快速檢查身上有沒有龍跳蚤，打了個大哈欠，露出分岔的粉紅色舌頭，以及一顆牙齒也沒有的牙齦。

沒牙雖然是普通花園龍、最平凡無奇的品種，牠還是長得很美。牠的外皮是漂亮的寶石綠，肚皮則和鯖魚肚一樣是閃亮的珍珠色，還有淺棕色雀斑；此外，牠還有一雙無辜的草綠色大眼睛，以及長到不可思議的睫毛。

當然，人不可貌相，龍也不可貌相，牠們可是全世界最自私的動物，沒牙根本是隻披著小海豹皮的鯊魚。

「沒牙，你來幫幫忙。」小嗝嗝說。「這很、重、要。我們要想辦法回到安全的海灣，要是被夏季洋流帶走就慘了，你應該也不想碰到『鯊龍』吧？」他緊張地乾笑。「你飛去看看附近有沒有船，我們才能回到原地。」

「叫恐牛去啦，沒牙肚、肚、肚子餓。」沒牙沒好氣地說，牠剛睡醒就生了起床氣。

小嗝嗝無奈地望向天空，耐著性子解釋，恐牛睡著了，怎麼也叫不醒。

恐牛是魚腳司養的龍，牠溫馴而友善，但通常都在睡覺。現在，牠癱在一張划槳凳下睡覺，魚腳司還得用外套把牠的頭墊高，免得被海水嗆死。

「沒、沒、沒牙不、不、不去。」沒牙心情比剛剛更差了。「沒、沒、沒食物，沒牙就不去，沒牙罷工。小嗝嗝都叫沒牙做、做、做、做這個，做那個，沒牙是、是、是龍，又不是奴隸，可是你整天叫可憐的沒牙工作、工作、工作。」

「沒牙，你吃完早餐到現在都一直睡覺耶！」小嗝嗝抗議。「我哪有把你當奴隸，你明知道我為你做牛做馬，不是餵食就是說笑話逗你笑，還背著你到處走……」

「沒牙的翅、翅、翅膀很虛、虛、虛弱啊。」沒牙可憐兮兮地說。

「昨天晚上你把我吵醒，而且吵了『四次』……」

「沒牙作噩、噩、噩夢嘛。」沒牙無辜地睜著綠色大眼睛。「沒牙夢到一個又大又胖又可怕、而且牙齒超！級！大！的人、人、人類追著可憐的沒牙，在床、床、床上跑來跑去，他說沒牙很特、特、特別，要把沒牙抓起來……」

「少來，你明明是想吃牡蠣！」小嗝嗝怒號。「凌晨三點吃什麼牡蠣！」

「作噩夢就、就、就是要吃牡蠣。」沒牙頂嘴。

小嗝嗝的耐心用完了。

「作噩夢就算了，你還一直吵！你還爬到我父親床上，硬要我幫你找牡蠣，不然就在他耳朵旁邊尖叫！你害我半夜三點起床、穿衣服、一路跑到毛流氓港的牡蠣堆找牡蠣，結果我好不容易帶著牡蠣回來，你又說牠們顏色很奇怪，連吃都不吃！」

「牠們有黑、黑、黑點啊。」沒牙哀聲抱怨。「沒牙最、最、最討厭黑點，好噁心……」

「真是的，沒牙，你可以不要這麼幼稚嗎！」小嗝嗝怒罵。「那只是

海草屑而已，而且我把黑點弄掉後，你還不是不吃！」

「那個，我插個嘴……」魚腳司緊張地說。「我剛剛看到那邊有鯊龍的背鰭……」

然而沒牙和小嗝嗝正在氣頭上，完全沒聽到魚腳司說的話，一人一龍用鼻子頂著對方，眼睛死瞪著彼此，沒牙膨脹到平時的兩倍大小，還變成很難看的芥末紅。小嗝嗝都忘了人類不能一直盯著龍的眼睛看，不然會被催眠，他覺得頭昏腦脹，卻氣到根本不在乎。

這次，沒牙真的太過分了。

小嗝嗝受夠了。

他要好好教訓沒牙。

「我每天這麼辛苦，都是為了『你』，」小嗝嗝說。「可是我偶爾請你幫我做幾件『簡單』的事，像是在馴龍課上抓幾隻鯖魚，或是注意附近有沒有鯊龍，免得一起都被拖進海裡吃光光，你有沒有聽話？沒有！你還給我罷工！我告訴你，你這次真的太過分，我受、夠、了，我要給你一個教訓。你罷工啊，罷工啊！自己看著辦！」

「好啊，」沒牙嘶聲說。「沒、沒、沒牙『真的』要罷工了。」

沒牙高傲地拍翅膀飛離小嗝嗝肩頭，飛去站在小船的桅杆最上面，氣鼓鼓地喃喃自語：「你說沒、沒、沒牙幼稚？哈！天、天、天才小嗝嗝，我們走、著、瞧，看、看、看看你少了『幼稚』沒牙的幫忙，能撐、

撐、撐多久……」

「他在做什麼？」魚腳司問。

魚腳司聽不懂龍語，所以一直在狀況外。「他要幫我們聽聽附近有沒有船的聲音嗎？」

「呃，不是……」小嗝嗝承認。他剛才盯著沒牙的眼睛看了太久，到現在還有點暈眩。「我們吵了一架，他罷工了。可是我已經受夠那隻龍了，他每次都在測試我的底線，害我崩潰……我要讓他知道我不好惹……」

「唉呀，我的雷神索爾啊！」

魚腳司忍不住爆氣了。「我們沒時間爭這些有的沒有的……**你快看！**」

小嗝嗝的眼睛終於重新聚焦。

他看過去。

四周的濃霧不停變動，他看不清周遭，但好像瞥見一片黑色背鰭，從背鰭鋸齒狀的邊緣看來，那並不是「相對」無害的普通鯊魚，而是牠危險的遠親，鯊龍……

「魚腳司，我覺得那應該**不是**鯊龍，」小嗝嗝不確定。「你應該看錯了，說不定是霧的關係……」

你看!!
有鯊龍!!

魚腳司可不打算冒險，他試著搖醒恐牛，可是小基本棕龍的打呼聲只是變得更響。

「我們需要沒牙！」魚腳司焦急地說。「我的老索爾啊，你快想想辦法！跟他道歉！跟他保證你等下會給他很多吃的！」

「也許你說得對。」小嗝嗝承認。「好吧，沒牙，」他朝上方高喊，在濃霧中，他勉強看到正在罷工的小龍坐在搖來晃去的桅杆上。「我道歉，我們真的需要你。如果你飛下來幫忙，我接下來三個星期都把我的晚餐給你吃！」

「六、六、六、六十秒。」沒牙得意地自言自語。「才過六十秒，他們又需、需、需要沒牙了。」

「沒、沒、沒聽到！」牠像在唱歌一樣，邊說邊盯著自己的爪子看。

「小、小、小嗝嗝不是不需要『幼稚』沒牙的幫忙嗎……」

「說實話，我們還真的不需要，」小嗝嗝瞇著眼睛環視附近的海域。

「我沒看到鯊龍啊，而且理論上，鯊龍只會被傷口和血味吸引……」

魚腳司已經驚慌到沒心思注意小嗝嗝說的話了，他抬頭對船桅大喊：

「**沒——牙——！**」

「**聽不到！聽、聽、聽不到！**」沒牙用翅膀摀住耳朵，對下面的兩個男孩大呼小叫。

魚腳司緊閉雙眼，如果這只是場噩夢該有多好……然後，他又睜開眼睛。

「**你聽！**」他突然鬆一口氣，用氣音說。「有沒有聽到那個聲音？是**海龍！**」

小嗝嗝全身靜止。

沒錯，有海龍尖叫聲遠遠傳來。

「是和平部族的漁船！」魚腳司興奮地說。「而且時機正好！我們太走運了！」他從小嗝嗝手裡搶過船舵，用力一轉，駕駛小船朝海龍叫聲的方向前進。

「快點，**快點**，」魚腳司對海鸚希望號說。海風吹滿小船的帆，帶著它迅速前行。「拜託不要突然開始轉圈。」

龍鳴越來越響亮，一艘大船的灰影也出現在霧中，魚腳司終於放下高懸的心。

小嗝嗝沒想到他們會遇到這麼大的船，和平部族的漁船應該不會有三層船槳吧？海龍的叫聲也有點奇怪。

「聽起來不像肚子餓的叫聲，比較像『生氣』的叫聲。」小嗝嗝緩緩地說。

「管他的！」魚腳司尖喊一聲，抓起一端綁著爪鉤、另一端繫在海鸚希望號船頭的繩子，用力甩出去，爪鉤剛好勾到大船的船緣。

魚腳司其實算不上體育健將，他之前在登敵船課練習過無數次，一次也沒成功甩出爪鉤，甚至還有幾次差點把自己敲暈。由此可見，人只要覺得有生命危險時，就能發揮出誰也料想不到的潛能。

「魚腳司，等一下！」小嗝嗝警告他。「我們要冷靜思考！不是還沒『看到』鯊龍嗎？那些龍的叫聲不太妙，他們用龍語說了一些很可怕的事情……」

可是魚腳司被鯊龍嚇急了，沒心思聽小嗝嗝說這些。

「你難道忘了嗎，我們現在應該要登上和平族的漁船！」魚腳司責備道。「我們還在上登敵船課耶，你忘了嗎？你忘了課程，至少還記得戈伯這個人吧？有口臭、肌肉比亂撞球還大的大個子？如果不帶著和平族人的頭盔回去報到，他就要『宰了』我們，你該不會忘了吧？還有，剛剛那究竟是會吃人的鯊龍，還是海霧造成的錯覺，我真的不曉得，這個問題是滿有趣，可是我不想待在這裡討論……」

魚腳司抓著繩子，開始往上爬。

我再次強調，魚腳司平時根本就不會爬繩子，現在卻像爬上樹幹的短翅松鼠蛇龍一樣靈活。

小嗝嗝緊張地跳來跳去，聽著龍群憤怒的尖叫聲從大船上飄來。

怎麼可以讓魚腳司自己登上大船呢？

～維京龍族與龍蛋～

鯊龍

海中最可怕的掠食動物之一，牠們粗壯有力的鱷魚腿能爬上船殺人，所以不管在水裡、還是在船上都躲不過牠們。

統計資料

顏色：黑色、綠色、灰色。

武器：鋸齒狀利牙、爪子等等。

恐怖：……………9

攻擊：……………9

速度：……………9

體型：……………8

叛逆：……………9

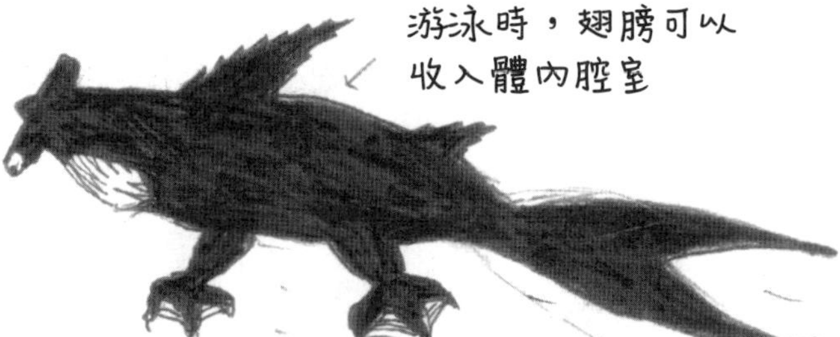

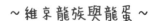

小嗝嗝向奧丁飛快祈禱，接著抓住繩索，跟著朋友扭動身體往上爬。

「來吧……」爬到大船船緣，準備上船時，魚腳司顫抖著拔劍，一邊喃喃自語。「別忘了，他們只是普通的漁民，看到毛流氓就會嚇得半死。」他提醒自己。「之前戈伯不是說過，我們上船的時候要說些什麼……喔，對了，是那個超白痴的毛流氓戰吼——**呀啊啊啊啊！**」

「等一下！」小嗝嗝一邊手忙腳亂地往上爬，一邊焦急地小聲說。「不要衝動！」

已經太遲了。

小嗝嗝爬到船緣時，魚腳司已經跳上船放聲尖叫：「**呀啊啊啊啊啊啊啊啊！**」戈伯要是聽到了，一定會打從心底感到驕傲。

魚腳司落在甲板上，努力用最凶猛、最野蠻的方式亂揮劍，他本以為船上只會有兩、三個驚恐的和平族漁民。

沒想到，三百五十名配戴最新型武器的羅馬精兵轉過頭來，眼也不眨地盯著他。

「糟了……」小嗝嗝掛在繩子上偷看大船的邊緣，忍不住低語。「我們今天一點也不幸運……」

第三章　甫出龍潭，又入虎穴

「完蛋了……」魚腳司說。

這**絕對不是**和平部族的漁船。

這其實是一艘大型羅馬船艦，從船頭到船尾足足有七十公尺，船帆是純潔無瑕的白布，小嗝嗝仰望上方，還能看見羅馬帝國的飛鷹旗在風中飄揚。船上滿滿都是人，看樣子像一整支軍團，每個人都又驚又怒地盯著魚腳司。

船桅旁邊有一個巨大的鐵籠。

籠裡關著數也數不完的龍，有致命納得、飛鱷、大斑蠢龍、黃吸血龍、普通花園龍……各式各樣的龍都被關在同處，利爪、翅膀與尖牙纏在一起，全都將被送回羅馬的餐廳和鞋店。

「唉，我的雷神索爾啊，」小嗝嗝低聲說。「居然是『羅馬捕龍賊』……」

「啊……」魚腳司緊張地笑笑，一步步往回退。「我好像誤會了，這不是我要登的船……」他努力發出若無其事的笑聲。「抱歉，打擾了……你們繼續做你們的事，不用管我沒關係……」

離他最近的軍人——一個腿和樹幹一樣粗、身高六呎五吋的百人隊隊長——用華麗麗的動作拔劍。

「你想往哪裡跑？」他用拉丁語問魚腳司（註2）。他伸出大手要抓魚腳司，後者剛好在最後一秒閃開。

「把他抓起來！」百人隊隊長用拉丁語一聲令下，六、七個士兵朝魚腳司

註2　古羅馬人都用拉丁語交談，大部分的維京人聽不懂拉丁語，不過小嗝嗝的外公——老阿皺——偷偷教了他幾句。「說不定哪天能派上用場。」老阿皺說（他說得沒錯，拉丁語確實在無數次危急時刻派上了用場）。

撲來。

倘若小嗝嗝是傳統的維京英雄，就會在這時拔出他的劍——努力劍——接著跳上船幫助朋友，並喊出毛流氓戰吼。

但倘若小嗝嗝是傳統的維京英雄，他早就在好幾本書以前跟燻鮭魚一樣，死得不能再死了——他也許會是隻「理想崇高」的燻鮭魚，或者「勇敢無畏」的燻鮭魚，但燻鮭魚再怎麼樣都是死鮭魚。

小嗝嗝沒有跳上船，他盡可能安靜地偷偷溜上甲板，輕巧地躲在幾瓶橄欖油和一頂大涼棚旁。

與此同時，魚腳司被羅馬士兵追著到處跑，卻沒有跑太久——魚腳司盡全力閃躲，最後仍一頭撞上一個人高馬大的百人隊隊長，被對方一手拎起來。

「抓到你了……」百人隊隊長用拉丁語大吼。魚腳司像是躺在地上翻不過來的金龜子，雙腳亂踢亂蹬。「原來是個『可怕』的小維京人啊，你怎麼會覺得你憑一己之力，就能攻擊我們……」

「哈哈哈！」其他三百四十九個軍人笑得樂不可支。

「這是場誤會啊。」魚腳司哀號，他緊張得溼疹發作，只能不停抓癢。「拜託，放過我吧……」

「小野蠻人，我抓你去見老大。」百人隊隊長用拉丁語說。他拎著魚腳司，走向小嗝嗝身旁的涼棚。

小嗝嗝從橄欖油罐後探出頭，他小心拉開涼棚的布幔，看看裡頭發生什麼事。

紅著臉、發著抖、抓著癢的魚腳司，被帶到兩個穿著華麗長袍、悠哉躺在涼棚裡的男人面前，離蹲著偷看的小嗝嗝只隔著一公尺。

其中一個男人非常、非常胖，胖到肚子一部分的肥肉從躺椅邊緣往下垂，有個小個子奴隸從下方撐起那團肥肉。另一個男人很瘦，他

戴著一頂精緻的頭盔，頭盔插著一根大羽毛，還有遮住上半張臉的面甲。

胖羅馬人面前的矮桌上擺了一盤奈米龍，他拿起奈米龍沾蜂蜜吃。奈米龍和昆蟲一樣種類繁多、數量龐大，是超小型龍，體型和蝗蟲差不多大，盤子裡那些可憐的小生物還活著，牠們的翅膀被蜂蜜黏住了，再怎麼掙扎也逃不了。胖羅馬人肥嘟嘟的

手指一隻一隻地抓起來送進嘴裡，小嗝嗝還能聽到牠們可憐兮兮的求救聲。

胖羅馬人滿嘴食物，說話時口齒不清。

「我的天神朱比特啊，」胖羅馬人邊咀嚼嘴裡的奈米龍，邊含糊地用拉丁語說。「看來，我們被一個小不點野蠻人攻擊了……」

「是啊，執政官大人。」瘦長官附和道。「這個人我認得，我之前不是向您提過幾個當地部族嗎？他就是其中一個部族的族人。唉，我怕這些部族會對『我們的絕佳妙計』有意見啊。」

「喔對，我們的絕佳妙計是什麼，我有點忘了。」胖執政官說。

「首先，我們假扮成毛流氓，綁架粗野沼澤盜賊部族的繼承人……」

「太讚了。」胖執政官嘖著口水說。

「再來，」瘦長官邪惡地道。「我們假扮成沼澤盜賊，綁架毛流氓部族的繼承人……」

「你真是天才。」胖執政官滴著口水。

「然後，等沼澤盜賊部族和毛流氓部族打成一團，他們就不會發現——內海群島每一條龍都被我們偷走了!!」

「**好啊！**」胖執政官高呼。

小嗝嗝很想留下來偷聽計畫的細節，可是他還有很重要的事情要辦：他必須讓自己和魚腳司活著離開這艘船。

好消息是，雖然維京人的日常生活對小嗝嗝來說很辛苦，遇上危機時，卻總是能冷靜思考，而他現在面對的正是一場危機。

小嗝嗝迅速總結他面臨的問題：對方是羅馬帝國最精良的三百五十個軍人，他們有標槍、劍、長矛、弓箭、挖掘工具等等，他這邊只有兩個瘦巴巴的維京男孩和兩隻小龍，其中一隻正在罷工，另外一隻睡死了。

沒錯，這就是名副其實的危機。

小嗝嗝眼睛一瞄，看到一隻小小的電蠕龍掛在布幔一角，他的視線從電蠕龍移到甲板上的大籠子，以及籠子裡那一大堆龍。羅馬人不是想趁毛流氓部族

羅馬人的絕佳妙計

I. 羅馬人假扮毛流氓，綁架粗野沼澤盜賊部族的繼承人……

II. 羅馬人假扮成沼澤盜賊，綁架毛流氓部族的繼承人……

III. 沼澤盜賊部族和毛流氓部族打成一團，就不會發現——**內海群島每一條龍都被羅馬人偷走了！**

嘿嘿嘿嘿嘿（邪惡的笑聲）

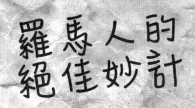

和粗野沼澤盜賊分心時，偷走內海群島所有的龍嗎？這給了小嗝嗝靈感。

說不定他能用電蠕龍吸引這些羅馬人的注意，再趁機溜過去打開龍籠，龍群就會湧到甲板上攻擊人，小嗝嗝可以趁亂救出魚腳司……

小嗝嗝拿出手帕把一隻手包起來，非常、非常小心地抓住電蠕龍尾巴，將牠拎起來。

電蠕龍之所以叫「電」蠕龍，是因為你碰到不該碰的部位，就會被狠狠電一下。這種龍的尾巴有不導電的角質層，抓尾巴可以，但碰到其他部位就會被電得很慘。

小嗝嗝趴下來，輕輕推開涼棚的簾子。

瘦長官和胖執政官還在談話，談得很認真。

胖執政官盤子裡的奈米龍快要吃完了，只剩最後一隻在黏膩的蜂蜜裡掙扎，但那兩個羅馬人太專心談事情，沒有人在看奈米龍。

小嗝嗝小心往前爬、救出盤子裡的奈米龍，放進自己的口袋，至少有一隻

~維京龍族與龍蛋~

電蠕龍

這種奈米龍沒有攻擊性，但若不小心碰到牠們，就會被電得死去活來（不會真的電死）。牠們和螢火龍是近親，如果手邊沒有火把或蠟燭，可以用電蠕龍照明。

統計資料

顏色：透明

恐怖：················4

攻擊：················6

速度：················2

體型：················1

叛逆：················3

尾巴有角質層，所以不導電

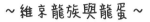

奈米龍得救了。他把電蠕龍放在盤子上，這隻小龍和那隻奈米龍體型幾乎一樣。

接著，小嗝嗝躡手躡腳地爬向龍籠。

胖執政官說話間伸出肥嘟嘟的手，手指心不在焉地在蜂蜜盤上尋找最後一隻鮮美多汁的奈米龍……然後，他捏住電蠕龍的腹部。

足足兩百四十公斤重的胖執政官猛然一跳，跳了一公尺高。

他的頭髮瞬間變成刺蝟頭，火花從他耳朵迸出來，搖搖晃晃的肥肉發出詭異藍光，彷彿被雷劈中的巨大粉紅色果凍，不斷顫動、搖動、晃動、抖動。

幾秒鐘過去，胖執政官摔了下來，一身托加長袍化為灰燼，接下來十分鐘，他的大肚子一直抖個不停。

大家震驚地看著胖執政官身上的「極光」時，小嗝嗝安靜地抬起龍籠的木頭擋板。

下一刻，這艘羅馬船艦的甲板上亂成一團，形形色色的龍從籠子一湧而

出，龍嘴、翅膀、尖爪和尾巴，形成憤怒、尖叫、撕咬的火河，牠們攻擊起羅馬人、燒毀船帆，大肆搞破壞。

瘦長官爬到躺椅上，以便從高處看清情況。

「小嗝嗝！」他用維京人的諾斯語呢喃。「這一定是小嗝嗝・何倫德斯・黑線鱈三世搞的鬼，如果不是，我就承認自己是淡水龍蝦……可是我不是淡水龍蝦。好啊，好小子，我這就讓你乖乖出來……」他用拉丁語高喊：「百人隊隊長！」

他用拉丁語對拎著魚腳司左腳踝的羅馬軍人下令：

「準備把俘虜處死！」

百人隊隊長用華麗的動作拔劍，把劍高高舉到頭頂。

「**小——嗝——嗝——！**」魚腳司驚恐地尖叫。

小嗝嗝沒料到會發生這種事。

「**沒——牙————！**」小嗝嗝跟著尖叫。

第四章　沒牙來救援

過去十分鐘，沒牙一直在海鸚希望號的船桅頂端咕噥著。一開始，沒牙忙著可憐牠自己，沒時間關心主人的狀況。「都沒有人愛沒、沒、沒牙。」牠難過地說。可是時間一分一秒過去了，羅馬船艦上越來越吵，小嗝嗝和魚腳司又一直沒回來，沒牙開始擔心他們是不是出事了。

這時候，小龍聽到小嗝嗝的「求救」聲，決定停止罷工。

牠跳下桅杆，飛上羅馬大船。沒牙雖然飛得很高，但牠視力很好，看得見甲板上魁梧的羅馬百人隊隊長抓著魚腳司一條腿，正準備用劍砍死他。

沒牙收起翅膀疾速俯衝，和平時抓鯖魚或鯡魚的動作一樣，只不過這次的目標是百人隊隊長的頭。衝下來時，沒牙的速度已經快到無法用肉眼看清了，牠全力撕咬百人隊隊長的頭盔，羽毛碎片到處亂飛。

百人隊隊長又驚又怒地大喝一聲，一瞬間失去平衡，可是他很快就站穩腳步，發現攻擊他的不過是隻體型嬌小的龍。魚腳司焦急地左右搖晃，試圖掙脫，可是這個百人隊隊長沒那麼好對付，他抓著魚腳司腳踝的手握得更緊了，另一隻手則對沒牙揮劍。

小嗝嗝隨手揪住一隻嘶牙龍，塞進百人隊隊長的衣服，百人隊隊長大吼一聲，終於放開魚腳司。

假如是你，也一定會這麼做。

要是有嘶牙龍鑽進你的褲子裡，你也會像這位百人隊隊長一樣抱著屁股跳來跳去，發出淒厲的豬叫聲，試圖抓住那隻在內褲裡扭動、抓咬的嘶牙龍。

「快跑！」小嗝嗝高喊一聲，拉著魚腳司站起來。

他順便撿起一頂掉在甲板上的羅馬頭盔，這樣跟戈伯解釋這一切時才有證據。

四周混亂不堪：龍在攻擊羅馬人，羅馬人在攻擊龍，還有羅馬人努力撲滅龍火。

小嗝嗝和魚腳司的心臟跳得比兔子還快，他們氣喘吁吁、跌跌撞撞地盡快逃回最初登船的地方，繩子還在，這表示海鸚希望號就在下面等著他們……魚腳司先跑到船緣，手忙腳亂地翻過船緣往下爬，小嗝嗝只差幾步就要到了……這時，一隻手抓住他背後的衣服，他的口袋被扯破。

《龍語詞典》掉在甲板上。

小嗝嗝停下腳步，彎腰想撿起書……

……剛好對上瘦長官的鐵面罩，以及那雙閃閃發亮、得意洋洋的眼睛。小嗝嗝的心臟似乎結冰了，他看到瘦長官抓著筆記本的另一側。

「**哈！**」瘦長官大喝一聲。

兩個人都拉扯了起來。「還不放開！」瘦長官嘶聲說。「你贏不了的，這本

嘶牙龍鑽進褲子裡，
一點也不好玩……

書是我的了……」小嗝嗝應該放手的，可是這是他花很多時間寫的書，儘管怕得不行，內心一股深深的憤怒還是不讓他放開，直到……

……瘦長官斗篷下射出某個尖銳的鐵製品，刺中小嗝嗝手背。

小嗝嗝尖叫著往後跳。

《龍語詞典》裂成兩半，瘦長官還來不及再抓住小嗝嗝，小嗝嗝就翻過船緣。

他沒時間沿著繩索往下爬，乾脆往下滑一小段後鬆手，重重摔在海鸚希望號上。

魚腳司割斷固定在羅馬船艦上的繩索，海鸚希望號立即被海流拉走，開始轉圈。

「沒牙呢？」小嗝嗝問。

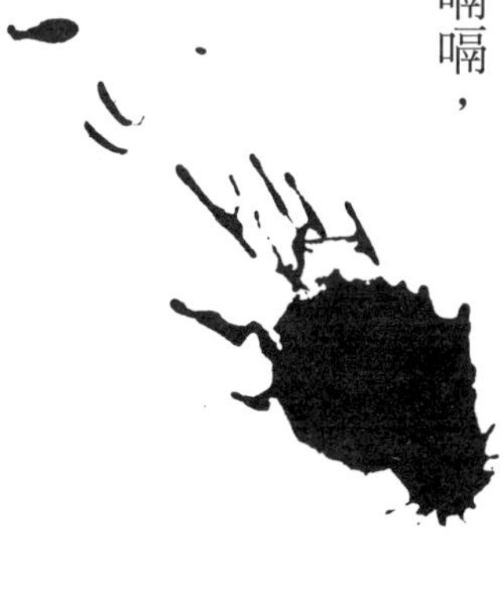

沒牙耽擱了一點時間。

牠一隻腳被百人隊隊長頭盔的扣帶卡住，一時脫不了身；百人隊隊長為了抓住褲子裡的嘶牙龍，像隻長水痘的章魚似地跳上跳下，害沒牙被震得頭暈目眩。

沒牙終於用堅硬的牙齦咬斷扣帶，尖叫著飛到羅馬船艦的船緣，速度比飛箭還快。這時，海鸚希望號跳舞似地轉了第五圈，小嗝嗝看到沒牙的身影，鬆了一口氣。

「感謝索爾！」小嗝嗝欣喜地高呼。

可是，沒牙原本像海燕一樣快速飛行，下一秒，一張綁著石頭的重網罩住飛在空中的小龍，牠彷彿被羅馬人的長矛刺中，失速摔在大船甲板上。

「沒——牙——！」小嗝嗝驚恐地高喊。

兩個人走到羅馬船邊，一個是拿著半本《龍語詞典》的瘦長官，另一個是羅馬軍人，他一隻手拿著三叉戟，另一隻手提著網子……

……而網子裡那個瘋狂掙扎、啃咬、翻滾，急著想重獲自由的小小身影，是……

……沒牙。

海鸚希望號又搖搖晃晃地轉一圈，小嗝嗝絕望地遙望被抓走的小龍，直到霧氣吞噬了羅馬船艦，小嗝嗝再也看不見小龍。

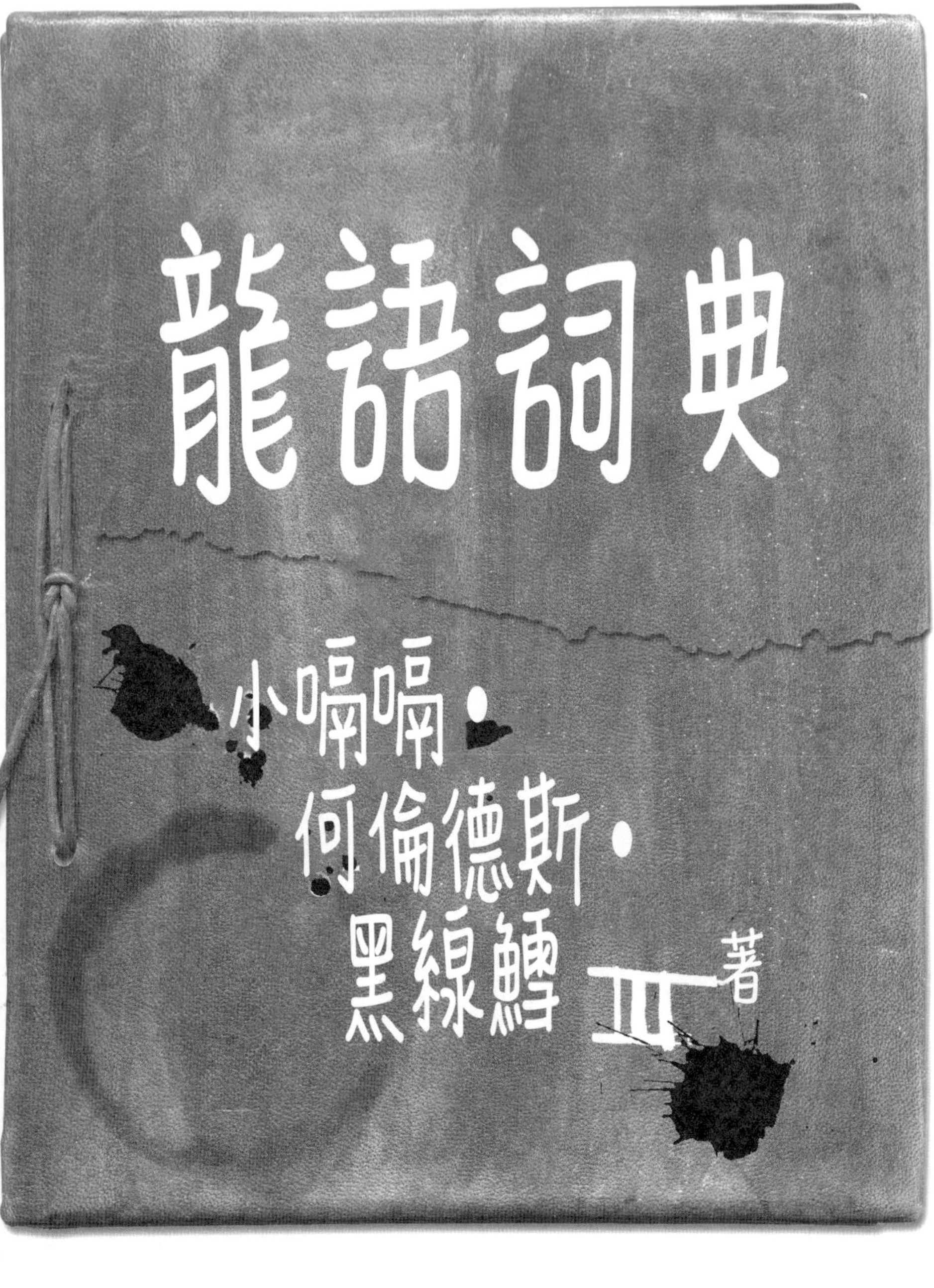
龍語詞典
小嗝嗝・何倫德斯・黑線鱈III著

龍語詞彙

嗶咻	拜託
謝你	謝謝
啃啃	吃
嗯嗯喀喀	便便
兩團晃晃 屁屁股	屁股
不喜歡	我不喜歡
窩喜歡	我喜歡
吐	吐出來
屁屁爆 屁股雷 臭臭風	放屁
屋	房子
家	巢窩
吐出來 肚肚滾滾	嘔吐
好吃好吃在屁屁	咬別人屁股
好吃好吃在肚肚	咬別人肚子
好吃好吃在拇拇	咬別人手指
喵啦	貓
笨汪	狗

洗澡時間

如果你的龍在泥坑裡泡了一整天，想爬到你床上睡覺，那你別無選擇——**你一定要幫他洗澡**。我先祝你好運。

龍：窩不洗屁屁，窩不洗臉，窩不洗爪爪。窩都不嚕啦啦。

我不要洗澡。

這時候，你要狡猾地用「心理戰術」。

你：不洗澡時間永遠永遠。窩重複，不洗澡時間永遠。

你不准洗澡。

龍（哀怨）：窩要嚕啦啦。

你：喔好就一時。

好吧，就這麼一次。

誰喝洗澡汁？

是誰把洗澡水喝掉了？

龍語詞彙

吱吱點心	老鼠
小蟲叮	奈米龍
野茸茸	兔子
臭魚	黑線鱈
刺刺堡	鹿
啃美	好吃
雙噁噁	難吃
屁屁撐	椅子
睡扳	床
啃放物	桌子
暖腳丫	火
要小妹妹哭哭	爆哭
要晃晃尖叫	鬧脾氣
要嘻嘻哈哈	笑
友友	朋友
尿人	敵人

要尖叫狂
要嘶嘶叫
要跳跳叫叫 } 發飆

要噁吐澡

晚餐時間

龍：是噁噁。

這個好噁心。

龍：窩不喜歡臭魚，是噁噁，是嗯嗯，是雙雙噁噁。

我不喜歡黑線鱈，這個好噁心，這個好討厭，這個超級噁心。

你：喔好那問逆吃吃？

好吧，那你要吃什麼？

龍：窩吃吃喵啦……

我要吃貓……

你（你現在可以對他大叫）：不吃吃屁屁撐，不吃吃睡扳，加雙雙不吃吃喵啦！

不可以吃椅子，不可以吃床，更不可以吃貓！

龍語詞彙

交換噁噁	
嘴唇汁	親吻
要吐肚肚	
擠擠	擁抱
要紅摸摸	搔
呃還好啦	愛
沒翅	
陸囚	
無天土挖	人類
無腦	
閃閃火	放火
鼻涕嚼	蛾螺
腦黏黏	鼻涕
臭臭風	放屁

對大型龍說話的時候

龍：喔喔啃美好吃好吃肚肚吃吃小刺刺堡！

「喔喔是一隻好吃的小維京人耶！」

你：窩看啃美雖，窩肚肚滾痛。

「我雖然看起來好吃，但其實我有毒。」

如果這招沒效的話……

你：窩睹逆不閃閃火家那小蟲吁。

「我猜你沒辦法放火燒了那邊的奈米龍窩。」

龍：簡簡單單擰檬擠擠。

「根本舉手之勞。」

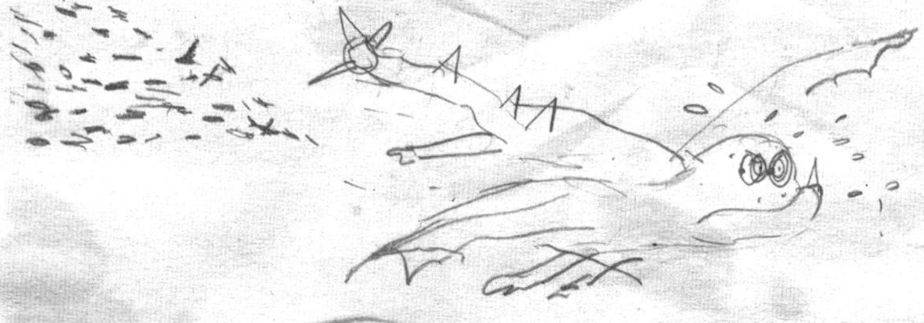

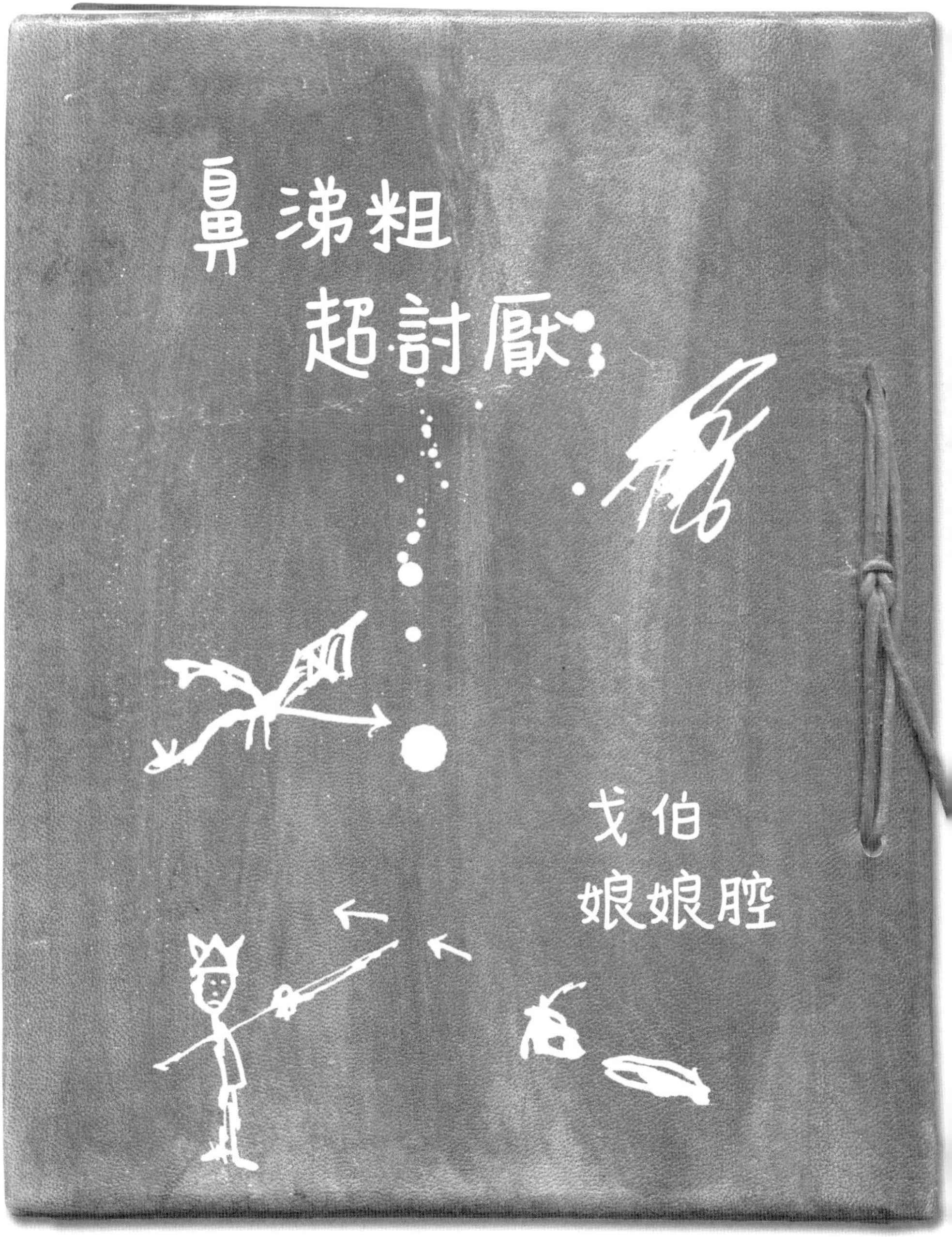
鼻涕粗
超討厭
戈伯
娘娘腔

第五章　回到博克島

海鸚希望號好不容易停止轉圈時，四周的霧氣也漸漸散去，在半個小時內完全消失，方圓好幾英里的風景清清楚楚映入小嗝嗝眼中。

羅馬船艦早就不見了。

海水又變得冰冷刺骨，表示小嗝嗝和魚腳司至少不會碰到鯊龍，也沒有偏離原本的航道太遠。他們朝北方遠處的博克島出發，這次換魚腳司掌舵，因為小嗝嗝心情太鬱悶了，什麼事都不想做。

小嗝嗝坐在凳子上盯著手裡的半本《龍語詞典》，他花了那麼多時間在野

龍崖賞龍、下了那麼多工夫研究龍語，他的心血就這麼被撕成兩半。他很努力不去想像沒牙在羅馬船上的待遇。

沒牙最討厭被困住了，牠在小嗝嗝房間睡覺時，小嗝嗝還得把房門打開。現在，牠應該被關進那個可怕的鐵籠了吧。

我們才剛大吵一架，小嗝嗝難受至極地想。**他還飛過去救我們……我可能再也見不到他了**。

恐牛終於睡醒了。「你拿到頭盔了嗎？」牠打著哈欠。

「呃，沒有。」魚腳司嚴肅地回答。「這件事說來話長。」

海鸚希望號一邊打轉地蛇行前進，終於接近小小的博克島。

博克島從很久很久以前就一直是毛流氓部族的家，蠻荒群島所有有人居住的島嶼之中，博克島應該是最小的一座。該怎麼描述這座小島呢？最貼切的方式，應該是「潮溼」一詞——毛流氓語有二十八種不同說法的「雨」，而且博克島四周的海洋沒事就會晃到陸地上，就連島嶼制高點也有被巨浪或暴風雨捲上來的扇貝殼和海豚骨骸。

雨水不停從天上降下，海水不時沿著地面流過來，以致毛流氓們幾乎一輩子生活在及膝的鹽水泥巴中。

海鸚希望號逐漸接近博克島，小嗝嗝和魚腳司發現小船出問題了，他們根本沒時間自憐。海鸚希望號本來就不是很堅固，今天又被狠狠撞了兩次，第一次是被鼻涕粗的雀鷹號衝撞船身，第二次是小嗝嗝從羅馬船艦直接跳下來，現在它漏水的情況更嚴重了。

小嗝嗝和魚腳司盡快用頭盔把船底的積水撈出去，但開到毛流氓港時終於不行了，小船就這麼沉了下去。

小嗝嗝只得扶著不會游狗爬式的魚腳司（不會游狗爬式的維京人可是少之又少），游一百公尺回到岸上。

更慘的是，戈伯雙手環胸站在岸壁上看他們，眉頭皺得比索爾的雷雲還低。海鸚希望號消失在水面的瞬間，戈伯似乎要氣炸了。

「今天太失敗了……」兩個男孩掙扎著爬到岸邊岩石上時，魚腳司呻吟著說。「還好我們沒遇到鯊龍……」

「搞不好剛剛根本就**沒有**鯊龍。」小嗝嗝咬牙切齒。他哀傷地回頭看著海面上的三圈漣漪和泡泡——海鸚希望號在世界上留下的最後一點痕跡——那艘小船雖然長得不怎麼樣，但在小嗝嗝看來，它是最棒的船。

小嗝嗝和魚腳司踩著長滿海草的溼滑岩石，心不甘情不願地走向戈伯，兩個人垂著頭、滴著水站在老師面前。魚腳司怯怯地把羅馬頭盔拿給戈伯看。

戈伯臉上笑意全無。

「**這**，」他氣呼呼地指著羅馬頭盔，大吼。「我的老奧丁啊，誰能告訴我**這到底**是什麼玩意？」

「老師，這是羅馬頭盔。」魚腳司解釋道。「我們不小心登上一艘羅馬大船……就迷航了……」

「你們**迷航**了？」戈伯不敢相信自己的耳朵。「維京人怎麼可能『迷航』？

戈伯臉上笑意全無。

怎麼可能不小心登上羅馬大船？羅馬人的船跟和平族漁船差很多好嗎！」

「是的，老師，我知道。」魚腳司結結巴巴。「可是我們以為海裡有鯊龍，然後——」

「**還有，**」戈伯用平靜得讓人害怕的聲音打斷魚腳司。「你們的船**在哪裡**？」

「啊，嗯，這個嘛，」魚腳司慚愧地說。「報告老師，船可能沉了。」

「**什麼叫『船可能沉了』**？」戈伯怒吼。「**天氣明明好得不得了，你們把船開到離自己的島不到兩百公尺的地方，結果船『可能沉了』**？**你們還配稱維京人嗎？毛流氓嗎？你們不會造船、不會馴龍，魚腳司連游泳都不會……**」

「我碰到鹽水就起溼疹……」魚

腳司咕噥。

「**你們還配當海盜嗎！**」戈伯破口大罵。「**我這輩子還沒見過比你們更沒用、更遜、更可笑的蝌蚪大便！我真不曉得該說什麼了……**」

雖然說「不曉得該說什麼了」，戈伯還是花了十分鐘對他們大叫大罵，說他們讓整個部族蒙羞，是他教過最爛的兩個菜鳥。戈伯規定他們接下來三星期都只准吃帽貝，還說，要是再發生這種事情，他們就再也別想繼續上海盜訓練課程了。

好不容易回到家，家裡的情況也沒有比較好。

小嗝嗝邊吃晚餐邊向父親解釋，他們今天不小心登上羅馬軍艦，沒牙被綁架了，半本《龍語詞典》還落到瘦長官手裡。他把剩下半本《龍語詞典》和羅馬頭盔拿出來證明自己沒有說謊，勸父親派戰士去救沒牙和被搶走的半本書。

「嗯……」史圖依克若有所思地說。他和巨人一樣高大，稻草般亂糟糟的紅鬍子和巨大的啤酒肚，可以抵得上「兩個」人高馬大的維京族長了。

他其實沒有專心聽小嗝嗝說話，他正在讀小嗝嗝的海盜訓練課程成績單，這是他這輩子看過最悲慘的成績單。**索爾的指甲啊**，他心想。**怎麼會有人連進階無禮術都學不好，成績竟然是負四！**而且小嗝嗝的初階打嗝課和丟鐵鎚課根本沒有分數，這兩科可是史圖依克小時候最喜歡的科目耶！

箴言：打得最用力的人，就能活得最長久。

博克島海盜訓練課程

成績單

學生姓名	小嗝嗝 H•H•III	
科目	教師評語	成績（滿分 10 分）
初階打嗝課	小嗝嗝沒有氣勢也沒有氣，在這堂課表現不佳。	0/10 戈伯
嚇唬外國人	不可以再說流利的法語，他應該多練習大叫……	1/10 戈伯
進階無禮術課程	@＊！＊！＊！	-4/10 戈伯
丟鐵鎚課	等他有辦法舉起鐵鎚再說。	0/10 粗壯麗塔
鬥劍課程	反應速度快，下盤穩固而且腳步複雜，令人印象深刻。敵意這部分有待加強。	9/10 嚴厲蠢頭
造船課	我強烈懷疑海鸚希望號無法漂在水面上。	0/10 戈伯
登敵船課	我教海盜訓練課程教了二十年，第一次看到小嗝嗝這麼遜的水手。	哈！哈！哈！戈伯
亂撞球	他大部分時間都趴在泥巴裡，被同學坐在身上。	1/10 戈伯

偉大的史圖依克正在讀小嗝嗝的成績單

史圖依克很努力不對兒子失望，他一直告訴自己，小嗝嗝只是發育得比較慢，再過不久就會長肌肉和鼻毛，打亂撞球時也會開始得分，變得和史圖依克一樣。

可是這小子到底怎麼了，為什麼老師在他的成績單上寫「我教海盜訓練課程教了二十年，第一次看到小嗝嗝這麼遜的水手」？今天的登敵船實作課程明明很簡單，為什麼小嗝嗝把龍和船都搞丟了？

他**怎麼會**迷航，還分不清和平族漁船和羅馬船艦的差別？

維京人怎麼會迷航。

史圖依克張開大嘴，準備對兒子吼叫。

他又閉上嘴巴。

滿臉雀斑、又瘦又小且令人失望的小嗝嗝抬頭看著父親，他滿臉擔憂，很顯然在擔心他那隻小得可笑的龍遭遇不測，看到兒子這副模樣，史圖依克也沒心情生氣了。他的大手將成績單揉成一團。

「兒子啊，」史圖依克嚴肅又盡可能溫和地說。「我知道你剛失去『雷牙』，心裡很難受——」

「沒牙！」小嗝嗝氣憤地插嘴。「他叫沒牙。」

「沒牙。」史圖依克連忙改口。「可是我想告訴你一件很重要的事。」

史圖依克雙手搭著小嗝嗝的肩膀，直視他的眼睛。「你是族長的兒子。」史圖依克鄭重地說。「你失去了寵物，但你必須勇敢，你得拿出你的『男子氣概』。你以後還會抓到別的龍……」

「沒牙跟別的龍不一樣！」小嗝嗝很傷心。「他那麼信任我，我卻辜負了他！」

「閉嘴！」史圖依克斥責道。「兒子，你告訴我，族長該感到痛苦嗎？」

「族長不該感到痛苦。」小嗝嗝乖巧地回答。「可是，父親——」

史圖依克越說越起勁。「族長不會痛苦，也不會害怕，他不能被這些情感控制住，變得懦弱。我不可能派戰士去救你的龍，那是在浪費我們戰士的時間，現在那些羅馬人應該已經快回到羅馬了，你的『沒用』早就被他們做成包包了——」

「沒牙。」小嗝嗝又糾正他。「父親你聽我說，我在船上偷聽到他們說話，我不覺得他們是剛好路過這裡。」

「說話？」史圖依克眉頭一皺，忍不住大吼。「**說話**？這什麼意思？你怎麼聽得懂羅馬人說的話？」

「呃，」小嗝嗝只好誠實回答。「我從老阿皺那裡學到一點拉丁語——」

「拉丁語？**拉丁語？**」史圖依克氣炸了，他一拳捶在餐桌上，桌上的牡蠣被彈得飛到空中直翻圈。「我的兒子——我的兒子居然在學**拉丁語！**」

他費了好一番工夫才控制住脾氣。「毛流氓不說拉丁語——我再重複一次，毛流氓**不說**拉丁語。你難道都沒專心上嚇唬外國人課嗎？毛流氓遇到外國人時，就該很慢很慢地對對方大叫，外國人只聽得懂這種『語言』。而且毛流氓也不該跟龍說話，或者寫跟龍有關的書，你平常浪費太多時間寫關於龍的東西，都沒為當下一任族長做準備。」

史圖依克從小嗝嗝手裡搶過那半本《龍語詞典》、丟進火爐。小嗝嗝驚呼一聲，他把自己所有的龍族知識都寫在那本書上了，少了《龍語詞典》，他不就再也無法和龍說話了嗎？

史圖依克大步離開。

父親一走，小嗝嗝就冒著手指燒傷的風險，把書從火爐裡救出來。好消息

是，筆記本到現在還很潮溼，所以只有紙張邊緣燒焦，其他部分安然無恙。

那天晚上，是小嗝嗝這麼久以來第一次自己一個人睡。平常和沒牙一起睡，小龍就像個一直亂動還會打呼的熱水瓶，讓小嗝嗝暖烘烘地入睡，可是現在小嗝嗝躲在被子裡發抖，手腳和北極浮冰一樣冷，耳朵被冷風吹得不停發抖，他到清晨還沒睡著。

等他好不容易進入淺眠，風中似乎混雜了龍與狼的嚎叫聲，

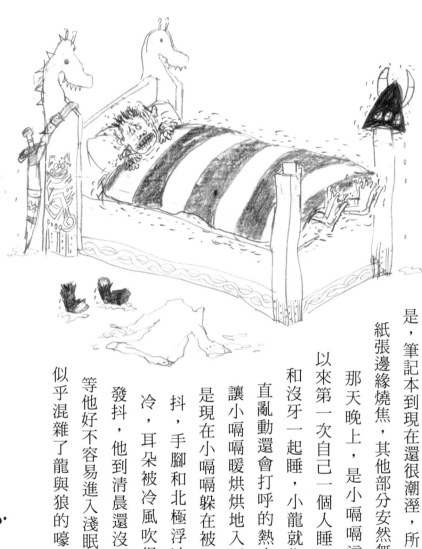

在他耳邊一直一直重複呼喊：「你失去沒——牙——了！永遠失去他了！失去沒——牙——了！永遠永遠永遠失去他了！」

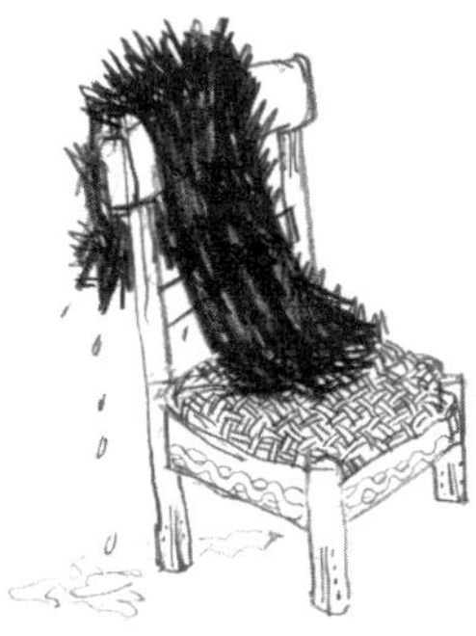

第六章　當晚，陰邪的羅馬堡壘中……

在距離博克島很遠很遠的陰邪堡，有一間海平面下深處的地牢，它深到不可能照到陽光，深到連諸神都忘了它的存在。

怕黑又怕狹小空間的沒牙，被關在小到沒空間翻身的籠子裡。

牠躺在籠子裡哭泣。

「救、救、救我。」可憐的沒牙小聲啜泣，用沒有人聽得到的聲音求救。

「救、救、救、救、救我。」

「救、救、救我」

沒牙用沒有人聽得到的聲音求救。

「救、救、救我……」

第七章　奈米龍

小嗝嗝很早就醒了。他夢到自己和沒牙玩搔癢遊戲，癢得笑著醒過來，在那短短的一瞬間世界似乎恢復正常，他忘了沒牙不在身邊，伸手碰到床上又溼又冷的小凹陷處，才意識到沒牙不見了。小嗝嗝的好心情消失無蹤，他冷得牙齒一直打顫，躺在被子下努力尋找面對冰冷的一天的勇

氣，穿上昨天那套還有點溼、沾著海鹽的衣服。他躺了一下才注意到，自己之所以會醒來，是因為空氣中飄著又細又小的歌聲，像風吹過寶螺的聲響，卻帶有一絲威脅意味。

那首歌是這樣的：

奈米龍之歌（邊舔蜂蜜邊唱）

妄想吃我的肥胖人類
搖晃嘔吐噁心的人肉
我很想殺你
但我「現在」殺不了你
可是肥胖人，你一定會後悔
你會在漆黑寂靜的深夜後悔

因為我有很多朋友
我的朋友會在你的噩夢中搔癢
他們的腳會把你的皮膚犁成紅疹
長了頭的肥肚啊，你再也別想睡覺
你再也別想睡覺了

妄想吃我的肥肉球
比爆炸的水母還醜陋的人類
我很想殺你
但我「現在」殺不了你
可是肥肉團，我可以等待
我可以像命運，躲在角落倒數計時
我還有很多朋友

他們會和我一起爬進你的棺材
當你躺著等待死亡的安睡
可悲的人肉團啊，「我們」會吃了你
我們會吃了你

哪來的歌聲？

小嗝嗝發現歌聲似乎傳自他的外套，那是他昨天穿的外套，現在還掛在椅背上，放在火爐前烘乾。

他這才想起來，昨天他救了差點被羅馬人吃掉的奈米龍，把電蠕龍放到盤子裡，他救下的奈米龍現在還在口袋裡。

小嗝嗝做好面對冷空氣的心理準備，跳下床穿上

衣服，一步步走近他的外套。他小心翼翼地把手伸進外套口袋——接著倒抽一口氣，趕忙把手抽回來。口袋裡有一團溫熱黏膩的蜂蜜，而他的指尖被奈米龍咬了一口。

小嗝嗝把手指含在嘴裡（如果被奈米龍螫咬，可以含住被咬到的皮膚，緩解痛癢）的同時，奈米龍從口袋飛了出來，在房間裡到處亂飛，最後降落到窗臺。

這隻奈米龍花了一整個晚上舔掉身上的蜂蜜，小嗝嗝仔細一看，發現牠長得很漂亮，牠的體型和蝗蟲差不多，閃亮的鐵鏽紅外皮還有好看的黑點，早晨的陽光穿透牠薄薄的翅膀，在房間各處映出紅黑色塊。

大概是因為這隻小動物一副不可一世、站得直挺挺的，小嗝嗝不禁問牠：

「你是誰？」

「我，」小小生物高傲地尖聲說。「是宇宙的中心。」

小嗝嗝仔細看著眼前這隻小動物。「是嗎？」他有禮貌卻又十分驚訝地問。「所以你其實是索爾或是奧丁嗎？」

「索爾和奧丁！」小動物嗤之以鼻。「那些不過是童話故事！你錯了，我是齊格拉斯提卡，是天神下凡。」

小嗝嗝目光呆滯地盯著牠。

「我是奈米帝國最崇高、最偉大的君主，北方草原的最高統治者……」

小嗝嗝抱歉地搖了搖頭。

「你怎麼可能不知道我是誰！」齊格拉斯提卡高呼。「蕨居者的大災厄……你真的完全沒聽過？」

「沒聽過。」小嗝嗝說。「對不起，我從來沒聽過你這號人物。」

「真是的，你們這些人類，」齊格拉斯提卡覺得自己被嚴重冒犯了，牠氣呼呼

齊格拉斯提卡

地說。「不懂長得醜，還一無所知！」

「我才不醜，」小嗝嗝抗議。「你怎麼可以這樣說別人。」

齊格拉斯提卡沒在聽。「你們都活在自己的小世界裡，從沒想過要把你們的大鼻子湊到地上，看看真實世界發生的事！臭黑線鱈臉男孩，我告訴你，你有幸拯救了全銀河系最強大的存在……」

「既然你是全銀河系最強大的存在，」小嗝嗝說。「怎麼沒叫你的奈米龍朋友去救你？」

「就算是我這個出類拔萃的天神，也會有弱點。」齊格拉斯提卡回答。「我的弱點是蜂蜜，我最愛吃蜂蜜了，那時我的後腿沾到蜂蜜，無法摩擦後腿發出奈米龍的求救聲……可是它真的很好吃……重點是，你救了我一命，所以我有義務報答你的恩情……雖然你是個又大又臭又沒翅膀的人類……」

「謝謝你啊。」小嗝嗝嘀咕。

「……鼻子還長得很醜，」小動物繼續說。「還有那些長得像斑點的褐色色塊——」

「那是雀斑！」小嗝嗝為自己抱不平。

「它們不好看，」齊格拉斯提卡說。「它們很傷眼。可是無論如何，下凡的天神永遠不會忘記這份恩情，要是你遇到生命危險，只須說出『齊格拉斯提卡』這個名字，我就會前來幫助你……」

你這麼小，能幫上什麼忙？小嗝嗝心想，但他沒有說出口，免得奈米龍生氣。「你要怎麼聽到我的聲音？」他問。

奈米龍無視這個問題。

「只要呼喚『齊格拉斯提卡』，我就會前來助你。可是，我先說清楚了……你只能呼喚尊貴的我這麼一次——僅此一次——一旦我報過恩，你在我眼裡就和其他又臭又噁心的人類沒兩樣。所以，鼻子上有醜陋斑點的男孩啊，你要慎選時機，慎選時機啊……」

說完，這隻沒禮貌的小動物拍了拍翅膀，飛出窗戶。

小嗝嗝不知該做何感想，他不覺得齊格拉斯提卡這麼小的生物會有強大的力量。

但不管他強不強，我還是需要他的幫助。小嗝嗝憂鬱地想。

吃早餐時，小嗝嗝難過得連燻鮭魚都吃不下，他哀傷地戳弄盤裡的燻鮭魚。他外公——老阿皺——試著問他為什麼難過，可是小嗝嗝只是嘆口氣，沒有回答。

「族長該感到痛苦嗎？」偉大的史圖依克看到兒子垂頭喪氣，出聲提問。

「族長不該感到痛苦。」小嗝嗝悶悶不樂地回答。

早餐吃到一半，一隻信使龍從窗戶飛進屋，將一封寄給史圖依克的信丟到桌上，又迅速飛走。

那是沼澤盜賊部族族長——大胸柏莎——寫的信，沼澤盜賊部族住在博克島西方一座島上（請見這本書最前面的地圖），族裡的女性都是令人畏懼的戰士。毛流氓部族和沼澤盜賊部族數年前就結下仇恨，至今都是敵對關係，起因是沼澤盜賊部族在很久很久以前偷了恐怖陰森鬍——小嗝嗝的高曾祖父——的盾牌。

小嗝嗝湊到史圖依克身旁讀信。

史圖依克讀著讀著，臉色變得越來越紫，讀完後他怒吼一聲，把信紙撕成碎片還不夠，還丟到地上用力踩

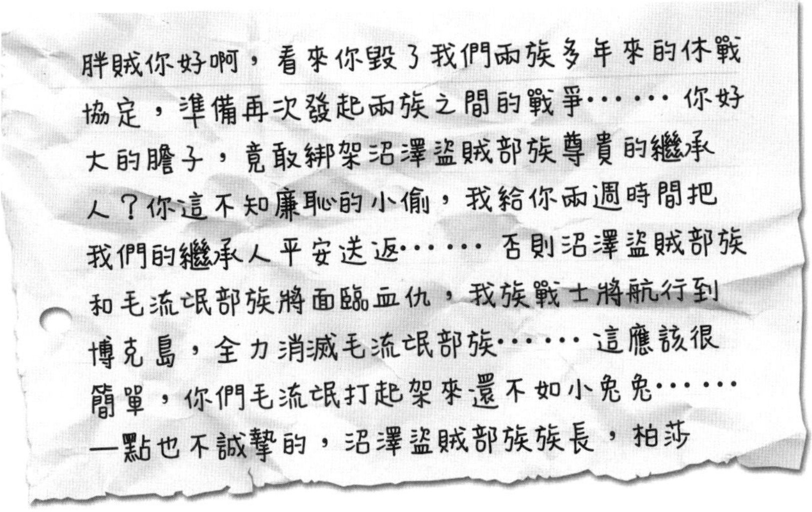

胖賊你好啊，看來你毀了我們兩族多年來的休戰協定，準備再次發起兩族之間的戰爭……你好大的膽子，竟敢綁架沼澤盜賊部族尊貴的繼承人？你這不知廉恥的小偷，我給你兩週時間把我們的繼承人平安送返……否則沼澤盜賊部族和毛流氓部族將面臨血仇，我族戰士將航行到博克島，全力消滅毛流氓部族……這應該很簡單，你們毛流氓打起架來還不如小兔兔……

一點也不誠摯的，沼澤盜賊部族族長，柏莎

踏。

史圖依克氣瘋了，他這個人經常隱忍怒火、經常胡亂吼叫，也經常氣到七竅生煙，但這回，他真的發飆了。

發飆的毛流氓**真的**很嚇人，他們的怒吼聲大到讓普通吼叫聲輕柔得宛如搖籃曲。

「**我這就跟他們結下血仇！**」偉大的史圖依克嚷嚷。

「不會吧。」小嗝嗝無奈地抬眼望天。「真是的……情況已經夠麻煩了，還結什麼血仇！父親，你等一下，先保持冷靜，我覺得這不是沼澤盜賊部族寄來的。我們又沒綁架他們的繼承人，一定是『別人』把她偷走了。我聽過羅馬人討論這件事，他們想『假扮成』沼澤盜賊，害我們兩族打起來。」

「**小嗝嗝，你不要多管閒事！**」偉大的史圖依克大吼。「**政治是大人的事，小孩子管不著！去幫我拿劍！去吹戰爭號角！接下來兩個星期，每個男人、女人和小孩都給我日夜練劍！**」

我這就跟他們結下血仇！

「父親，」小嗝嗝抗議。「**拜託**你用腦袋想想——」

「**我有在用腦袋！**」偉大的史圖依克暴吼著用頭撞牆。「**我對雷神索爾發誓，那些沼澤盜賊要是敢來博克島附近的海域，我一定要讓他們吃足苦頭！**」

小嗝嗝也火大了。他平時很少和父親吵架，但沒牙被抓走讓他定不下心，他霍然起身，扠腰站到史圖依克面前。

「你為什麼就是不**相信**我說的話？」他憤怒地問。「我說了**好幾次——好幾次了！**這是『羅馬人』搞的鬼，我還帶了一頂羅馬頭盔回來，你看到這頂頭盔就該知道，我沒有說謊。」

小嗝嗝指著房間角落一張凳子上的羅馬頭盔。「我們明明就可以派戰士隊去找羅馬人、救出沒牙……可是你連**自己兒子**的話都不肯信，偏要待在這座島上，跟沼澤盜賊部族打得死去活來……」

有一瞬間，史圖依克似乎把小嗝嗝的話聽進去了，他的鼻孔不再張大，扒抓地板的腳也停下動作。

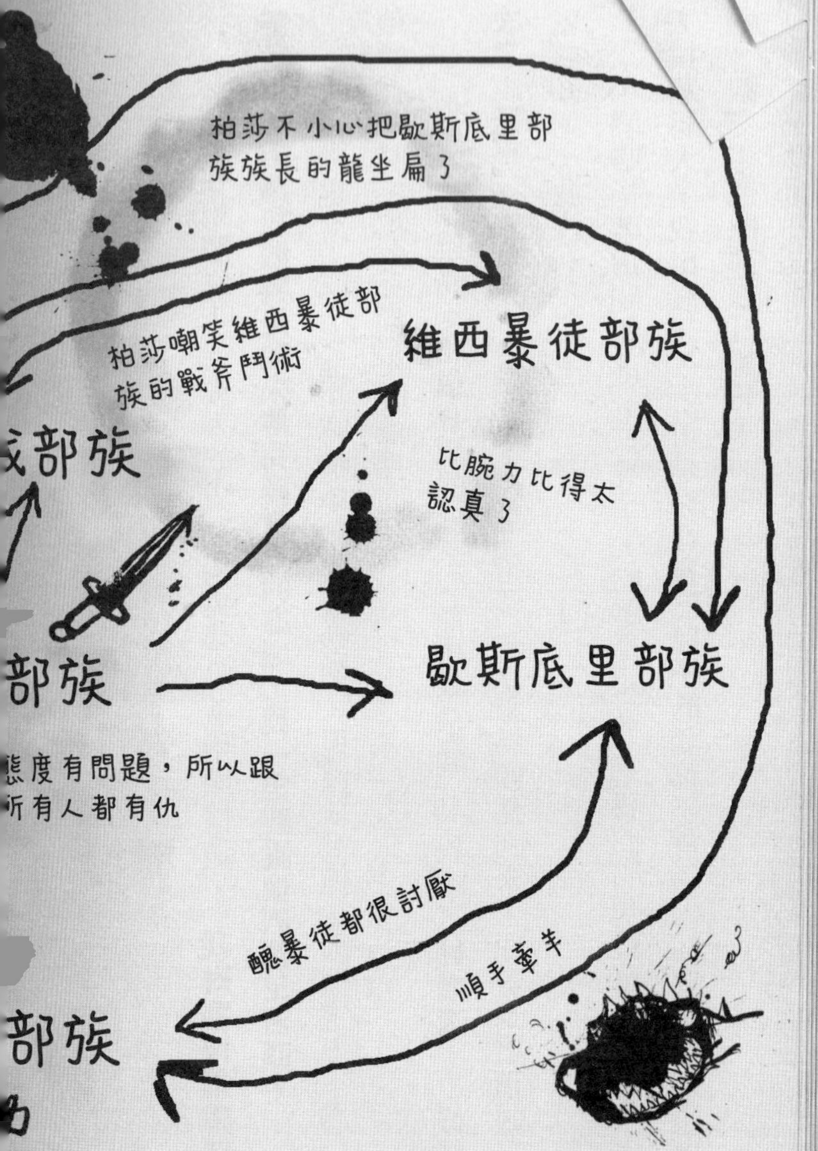
柏莎不小心把歐斯底里部族族長的龍坐扁了
柏莎嘲笑維西暴徒部族的戰斧鬥術
維西暴徒部族
部族
比腕力比得太認真了
部族
歐斯底里部族
態度有問題，所以跟
所有人都有仇
醜暴徒都很討厭
順手牽羊
部族

是不是越看越不懂了？？我也是。

血仇示意圖

維京部族時常彼此爭鬥，這張圖畫的是各族目前的血仇狀態。你可能會越看越糊塗。

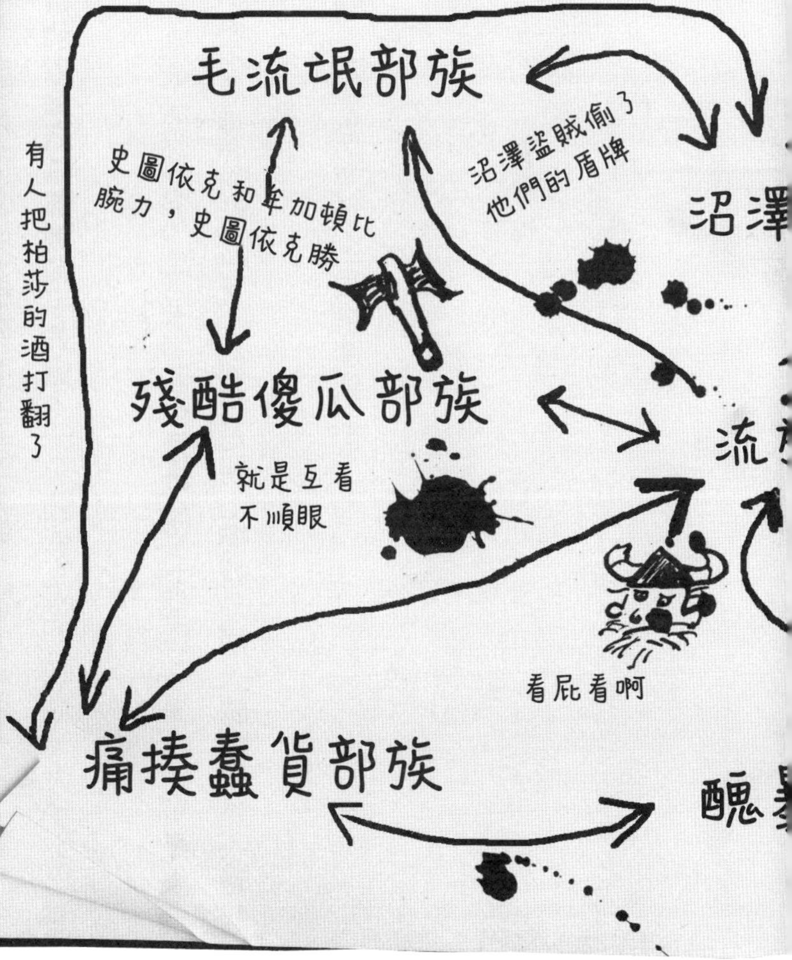

他看著那頂羅馬頭盔，也許小嗝嗝說得對……

不過他又看看大胸柏莎的信，稍微消下去的火氣又冒上來了。

「**我只跟死掉的沼澤盜賊部族和平共處！**」史圖依克全力吶喊，大步走出房間。

「小嗝嗝，你別太氣你父親，」老阿皺憂傷地說。「他沒有惡意，可是現在事情太複雜，他搞不清楚狀況。對了，你不是要上嚇唬外國人課嗎？是不是快遲到了？」

「喔對，天啊，」小嗝嗝說。「我快遲到了……」

第八章　嚇唬外國人課

今天微風徐徐、藍天明媚，可是小嗝嗝沒時間欣賞風景了，他全速衝向嚇唬外國人課的上課地點：毛流氓村集會堂。戈伯還沒來，小野蠻人們鬧成一團，尖刀和小悍夫那特在集會堂一角鬥劍，男孩們的馴養龍趴在大火爐前互咬和彼此威嚇，鼻涕粗和無腦狗臭坐在魚腳司身上，火蟲忙著噴火燒毀魚腳司的作業本。

「你們兩個沒腦袋的惡霸，要找麻煩，幹麼不去找跟你們一樣大塊頭的人？」小嗝嗝對鼻涕粗和狗臭罵道，連忙用外套滅火。

「謝謝。」魚腳司喘著氣說。

鼻涕粗和無腦狗臭坐在魚腳司身上

「啊呀，啊呀，啊——呀。」鼻涕粗拖長語調說。他本來用膝蓋壓著魚腳司的肚子，現在站了起來，大搖大擺地走到小嗝嗝的座位。

「你們連和平族漁船跟七十公尺長的羅馬大船都不會分，這世界上應該也就你們兩個海盜會開船開到『自己』的船都沉了，還好意思自稱維京人？」

「哈哈哈哈！」其他男孩哄堂大笑。

「最好笑的是，」鼻涕粗譏諷道。「你連你那隻沒牙齒的微生物龍都搞丟了。」

「丟了最好，」火蟲用小嗝嗝的頭盔磨爪子，發出刺耳的聲音。「那隻生物讓我們血統純正的火之蛇丟臉。」

「沒牙是很好很好的龍。」小嗝嗝安靜地說。他竭力壓抑怒意。

「他是『無可救藥』的龍。」鼻涕粗嘲諷道。「小嗝嗝，你那麼在乎他幹麼，他被做成羅馬人的包包更好——」

「你給我把話收回去！你這個鼻涕臉、鼻涕鼻子、大象鼻孔、屁股腦袋的大惡霸！」小嗝嗝大叫。

集會堂的大門「砰！」一聲被撞開。

「小嗝嗝，你的進階無禮術進步了！」打嗝戈伯高呼。「看來你還有希望嘛！說不定以後能成為了不起的維京人！」

「老師，如果你不介意，」鼻涕粗氣沖沖地舉著拳頭走向小嗝嗝，眼裡閃著不懷好意的異光。「讓我殺了他……」

「我很介意。」戈伯說。「這不是自由打架時間，是嚇唬外國人課——**你們這群自以為是維京人的小廢物，還不給我坐下！**」

男孩們匆匆跑去坐在戈伯腳邊，就連鼻涕粗也不敢違抗戈伯的命令，他嘀咕著等會要宰了小嗝嗝，一邊席地而坐。

「我們這堂課要學怎麼恐嚇搶錢。」戈伯大聲說。「**小嗝嗝！疣阿豬！**來站在前面。疣阿豬扮頭腦簡單的高盧農夫，小嗝嗝，『你』扮入侵的毛流氓，你說說看，能用什麼嚇唬手段搶走疣阿豬的東西？」

小嗝嗝站起身，但沒有認真上課。

「不好意思，打擾一下，」他心不在焉地用法語說。「能不能把你的東西給我——」

疣阿豬痛揍他一拳。

「**小嗝嗝！我的老索爾啊！**」戈伯努力克制怒火，開始大吼。「**我收回剛才那句話！我說的話，你是不是一句都沒聽進去？維京人才不會用可笑的外語說話，我們維京人應該大叫才對！大叫啊，小嗝嗝！**」

戈伯盡力控制自己。「小嗝嗝，坐下。鼻涕粗，你讓**可悲的**小嗝嗝看看，該怎麼完成這個**超級簡單**的練習。」

兩秒後，戈伯和班上其他男孩大聲歡呼，鼻涕粗用「大屁股熊抱」壓制疣阿豬，不僅拿了疣阿豬的錢，連他的頭盔、外套和褲子也搶走了。

戈伯雙手扠腰，仰著毛茸茸的頭放聲大笑，頭盔的角還碰到後面的牆壁。

「**小嗝嗝，你看，**」他邊笑邊吼。「**這才是嚇唬外國人的正確——**」

集會堂的大門被猛然推開。

兩個戴著面具、虎背熊腰的綁匪衝進集會堂，發出令人膽寒的叫聲，小嗝嗝的頭髮如同海膽的刺直直豎起。那兩個人穿著傳統的沼澤盜賊服裝，可是小嗝嗝一眼就看出他們是喬裝得很拙劣的羅馬士兵。沼澤盜賊部族的戰士絕對是女人，可是這兩個綁匪顯然是穿著裙子、滿身毛髮與肌肉，把豬膀胱當胸部塞在上衣裡的男人。

第一個綁匪提著兩把雙刃戰斧，兩把斧頭都和餐盤一樣大，他全力把其中一把丟向戈伯。斧頭飛了過去，差一點點就砍到戈伯的頭，把戈伯的鬍子連著他本人釘在牆上。

「**啊啊啊啊啊啊啊啊啊！**」戈伯喉頭咕嚕一聲，他動彈不得，只能盯著離鼻頭不到一公分的閃亮斧刃。

我愛羅馬
羅馬軍隊
所有物

「**誰再動，請，就掉腦袋，龍也是。**」第一個綁匪揮甩第二把戰斧，一邊用很糟糕的諾斯語說。（註3）

沒有一個男孩敢動，也沒有一隻龍動彈。

「好，請，」第一個綁匪微微降低音量。「給我們我們要的東西沒人要受傷。**你們哪個是毛流氓部族繼承人？**」

沒有人開口。

「不讓我生氣，請……」第一個綁匪警告大家。

「你不會喜歡她生氣。」第二個綁匪愛惜地摸著他的戰斧說。

「跟我說……**誰在是毛流氓繼承人？**」

綁匪看沒有人要回答，開始用拉丁語交頭接耳。

「馬克斯，」第一個綁匪對第二個綁匪說。「沒有人要回答，可是沒關係，

註3　諾斯語是所有維京人都會說的語言。

百人隊隊
長是豬

老大說毛流氓部族的繼承人是個瘦瘦小小的男孩——你覺得是哪一個？」

第二個綁匪指向小嗝嗝。「一定是那個紅頭髮男孩，」他說。「你看看他，他的手臂跟麵條一樣細！」

「那這個臉長得像黑線鱈的男孩呢？」第一個綁匪指著魚腳司說。「他應該是我這輩子見過最瘦小的男孩了……」

「唔，好難選啊。」第二個綁匪說。「以防萬一，我們把兩個都帶走好了。要是抓錯人，老大一定會生氣，老大生氣有多可怕你又不是不知道……」

說完，第二個綁匪抓起小嗝嗝和魚腳司，把他們扛上肩頭。

「你們一定要數一千再離開這房間。」第一個綁匪用諾斯語對目瞪口呆的年輕毛流氓們說。「不然我們就殺這些男孩的！你們要告訴族長，大胸柏莎給你們打招呼，也給你們這封信。」

綁匪把一封給史圖依克的信遞給疣阿豬。

打嗝戈伯氣得臉色發紫，他的鬍子被綁匪的戰斧釘在牆上。鬍子可是毛流氓的驕傲，在毛流氓們看來，一個人的鬍子長得越紅、越毛、越糾結，就代表越好。光是「碰到」維京人的鬍子，就是對他莫大的侮辱——更別提用斧頭把人家的鬍子釘在牆上，害他動彈不得了。

「**復仇！**」打嗝戈伯狂吼一聲，試著拔掉釘著鬍子的戰斧，可是他不但沒能掙脫，還把好幾綹寶貴的鬍子弄斷了。「**偉大的史圖依克知道你們偷了他的繼承人還毀了我的鬍子，一定會和沼澤盜賊部族結下血仇！**」

「他們『不是』沼澤盜賊，」小嗝嗝提醒他。「沼澤盜賊戰士一定是女生，他們又不是女生——你看！那個人的胸部爆掉了。他們是**羅馬人**！你們要告訴我父親——」

第一個綁匪用大手摀住小嗝嗝的嘴，但他其實不必這麼做，反正戈伯沒在聽小嗝嗝說話，他和十分鐘前的史圖依克一樣，氣得什麼話都聽不進去。

「**沼澤盜賊部族竟敢動我打嗝戈伯的鬍子，妳們一定會後悔的！等我把這件事告訴族長，妳們就完蛋了！**」

「你要告訴他的。」第一個綁匪笑著說，說完，兩個綁匪就扛著小嗝嗝和魚腳司離開了。

第九章　歡迎光臨陰邪堡

兩個綁匪扛著兩名男孩跑下山丘，小嗝嗝和魚腳司在他們背上被震得頭暈目眩。綁匪把兩個男孩丟上船，小船很明顯是羅馬人做的，船桅還有一面粗製濫造的沼澤盜賊旗子。

綁匪們航往與沼澤盜賊部族領地相反的方向。

「我們要去哪裡啊？」魚腳司呻吟著問。

「我猜他們要帶我們去陰邪堡。」小嗝嗝回答。

「你瘦小的朋友他說得對。」第一個綁匪冷笑著撕掉假鬍子。「你們有幸被壯麗的羅馬帝國綁架，我們要帶你們去宏偉的陰邪之堡。」

「好棒喔。」魚腳司鬱悶地說。

「你們可以現在閉嘴了的。」聽第一個綁匪這麼說，小嗝嗝和魚腳司無奈地閉嘴。

海上的風很大，一個小時後，他們已經離開相對安全的奧丁的浴缸之海，進入危險海流與尖銳岩石遍布的迷宮千島海域。迷宮千島位於博克島南方數英里，由好幾千座小島組成，其中很多座小島都有高聳海崖，營造出陰森的氛圍，所以大多數維京人都認為迷宮千島有鬼魂作祟。

小船繼續航行，兩側出現黑色高山與陰森的岩壁，油光滿布的海水在船下形成渦流，每隔一段時間，霧中就會出現尖銳的岩石，第二個綁匪必須讓小船急轉彎，避開那些岩石。

越接近羅馬人的總部，附近的野生動物就越少。

奧丁的浴缸之海住著形形色色的

羅馬的利爪

龍，牠們的叫喚聲在海上此起彼落，你常能看到牠們在水面優游漁獵的身影。除了龍，還有在岩石上打盹的胖海豹，以及在空中盤旋、趁龍族打鬥時衝下來偷吃魚肉碎片的鳥群。

然而到了陰邪堡附近，海洋彷彿化作沙漠，四周聽不到鳥鳴聲，也看不到魚的蹤影。小嗝嗝很快就知道為什麼了——一張巨網從懸崖上垂掛下來，網子裡卡著兩隻嘶鷹龍屍體。

「他們還好意思叫**我們**野蠻人。」魚腳司吸著鼻子說。小嗝嗝有點想吐。

就在這時，小嗝嗝的心跳漏了一拍。他聽到龍的尖叫聲，那是之前在奧丁的浴缸之海的濃霧中聽見的朦朧聲音……彷彿刀劍在岩石上摩擦的聲響，令他毛骨悚然、全身發涼。他用力吞一口口水。「我們應該快到羅馬人的大本營了。」他說。

果不其然，龍族驚恐與憤怒的吵雜叫聲越來越響、越來越響、越來越響……小船轉了個彎，陰森可怖、高聳宏偉的陰邪堡映入眼簾。

小嗝嗝和魚腳司看得目瞪口呆。

維京人的生活很簡單，通常族長的家也就是一棟稍微大一點的木屋，所以他們從沒看過陰邪堡這麼龐大的建築。

陰邪島四面是黑岩懸崖，崖下是鋸齒狀尖銳石塊，羅馬人選擇在崖上建造一棟最大最大的堡壘，覆蓋整座小

島。

海風在可怕的塔樓與陰森的大鐵籠之間呼嘯，海水從鐵門入侵，滲入恐怖的地牢。這座堡壘由漆黑岩石堆砌而成，堡壘本身也同樣黑暗陰森。

陰邪堡中央是執政官的宮殿，這幢華美別墅傍著中庭與裝飾用水池，宮殿旁還有大型木造競技場及士兵的營房。

數也數不盡的龍被關在五十個大鐵籠裡，暴露在內海群島的寒冷狂風中，難怪牠們不停尖叫。

堡壘更外圍，還有奴隸的房間、廚房、供馬匹使用的院子、羅馬鬥士的練習區、小型羅馬神殿、給執政官和軍官使用的溫水池、攻城用的巨型器械與砲彈火藥及好幾片田地。

整塊區域被高高的木籬包圍，每一百公尺就有一座瞭望臺，每一座瞭望臺都有衛兵看守著。四顆巨大的監視熱氣球飄在空中，每顆都有一隻困在籠子裡的龍，那些龍被關在氣球下方，噴火讓熱氣球往上飄。熱氣球的籃子裡也有衛兵，隨時注意附近有沒有逃亡者或入侵者。

「**哇**。」魚腳司驚嘆道。「難怪羅馬人幾乎要征服全世界了，**我們**沒被他們征服真是奇蹟中的奇蹟。」

「是『還沒』被征服。」小嗝嗝一臉嚴肅地說。「現在最要緊的問題是，我們要怎麼『離開』這個鬼地方？」

綁匪把小船開到木門前，這兩扇門大得不可思議，比博克島幾座海崖還要高大。小船接近大門時，瞭望臺上的衛兵呼喝幾聲，大門打開放他們進去。小船進了門，直接駛進堡壘，大門則像鯊魚的大嘴，在他們身後緊緊闔上。

泊船時，第二個綁匪對魚腳司和小嗝嗝粲然一笑。

「我們在歡迎你們來陰邪堡。」他說。

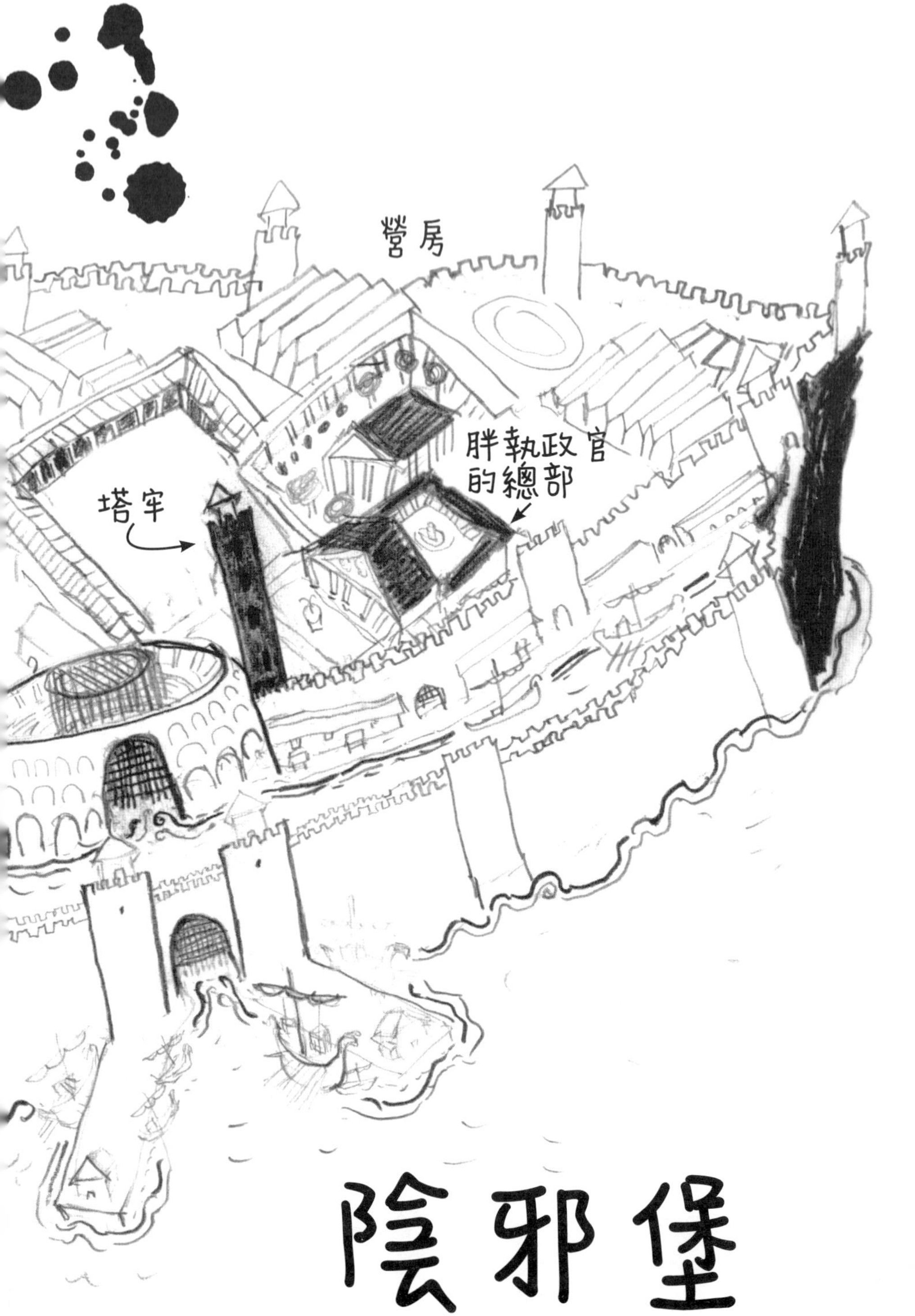
營房
胖執政官
的總部
塔牢
陰邪堡

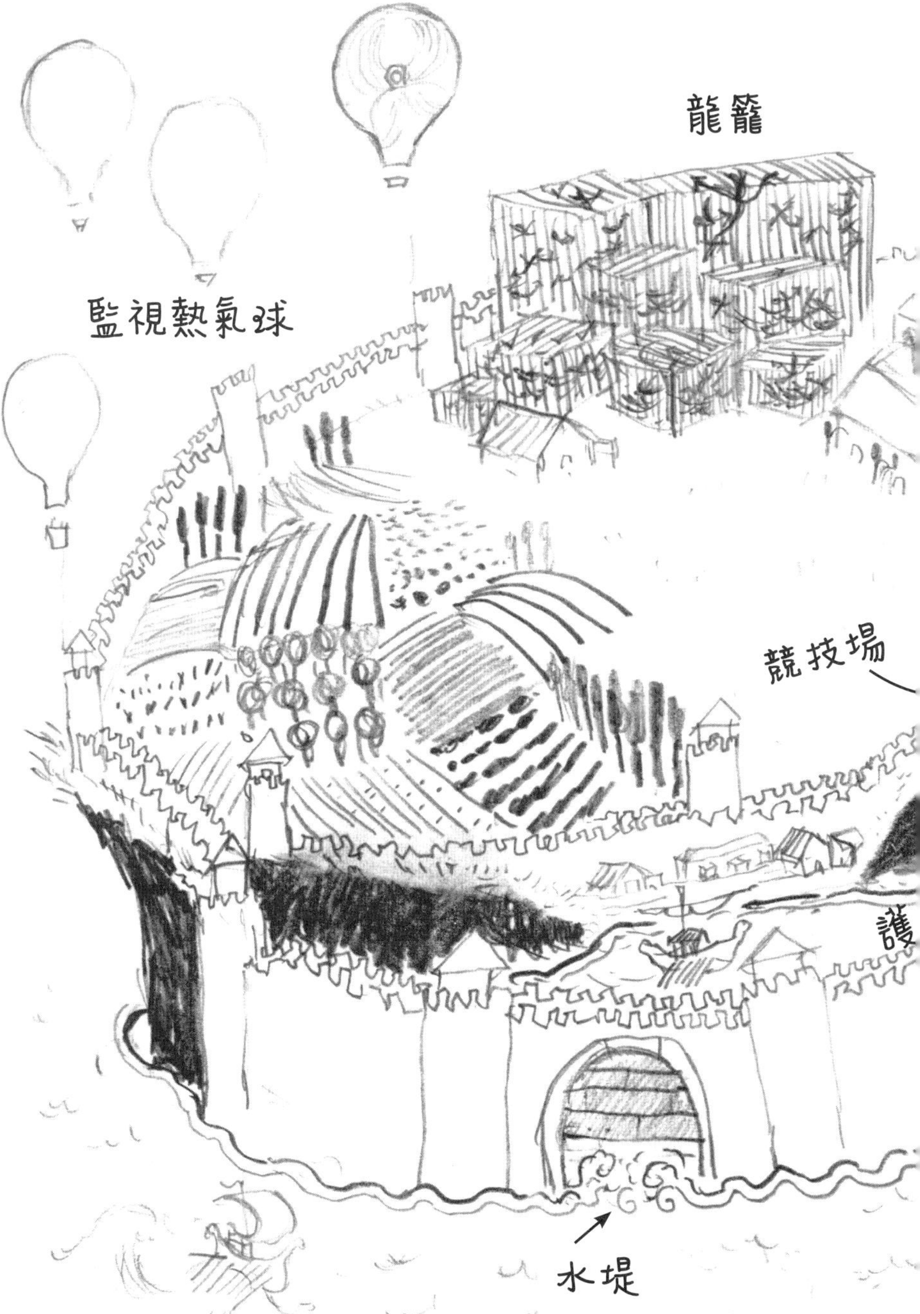
龍籠
監視熱氣球
競技場
護
水堤

第十章　瘦長官的真面目

綁匪又把兩個男孩扛起來，大步穿過幾座庭院，經過許多忙碌的士兵、廚師、馬兒與買賣東西的人。他們走上樓梯，進了一道門，來到一間燈火通明、壁畫華美的房間——這是執政官的宮殿。房間牆上掛著布幔，躺椅上鋪著絲綢，腳下的瓷磚地板暖烘烘的，踩起來很舒服。

羅馬人真懂得享受。

胖執政官在房間的一角，有人用羽毛輕搔他的扁桃腺幫他催吐，以便吃進更多猛烈凶魔焦糖布丁。瘦長官在房間另一個角落，有人幫他按摩太陽穴，看到綁匪帶著小嗝嗝和魚腳司走進宮殿時，瘦長官抬起頭來，滿意地說：「好啊！」

瘦長官腳邊趴著一隻特大號葛倫科，牠大約兩公尺高，脖子有一圈刺刺的角。小嗝嗝等人進到房間時，葛倫科用粗壯的腿撐起沉重的身體，粗脖子深處發出不祥的低吼。

牠撲向第一個綁匪，綁匪尖叫著丟下魚腳司。

「停！」瘦長官用龍語說，他的龍語雖然很差，但至少還是龍語。葛倫科已經用血盆大口咬住第一個綁匪的腿，綁匪徒勞無功地一直敲打葛倫科長滿疣的背部，可是葛倫科不理他，繼續愉快地啃咬他的膝蓋，大尾巴左右搖擺。牠聽到瘦長官的命令，只好不情願地停下動作。

「些些你。」瘦長官用怪腔怪調的龍語說，還一直說錯。「你可以抓住綁匪了。」

葛倫科沒有動。

「我叫你『抓住他』！」瘦長官不高興地喊。

葛倫科不解地眨眼，還是沒有動。

「唉，我的老索爾啊，你這隻笨鱷魚……」瘦長官用流利的諾斯語說。他從口袋拿出半本《龍語詞典》，一邊喃喃自語一邊翻頁。

「放開，放開……『放開』要怎麼說？」

「先生，你是不是想叫他『放開』？」小嗝嗝禮貌地問。

「謝啦。」瘦長官冷笑著說。「『放開』。」他對葛倫科說。葛倫科乖乖張開嘴巴，讓綁匪癱倒在地。

「小嗝嗝啊，」瘦長官慢條斯理地說。「你瞧，我需要另外半本書。」

小嗝嗝盡量不表現出心中的恐懼。

「你怎麼知道我的名字？」他問。「而且你為什麼要說諾斯語，不說拉丁語？」

瘦長官微微一笑。「小嗝嗝，其實我們見過好幾次面啊，你何不靠近點看個清楚？」

小嗝嗝抬頭望向瘦長官的眼睛，終於發現瘦長官的真面目時，忍不住倒抽一口氣。

這個人禿頭，全身都沒有毛髮，就連眼睫毛也沒有，但即使他頂著禿頭、穿著托加長袍，小嗝嗝也認得他。他是小嗝嗝的死對頭——奸險的阿爾文，流放者部族的族長，內海群島最邪惡的男人。

「我們**又**見面了，」阿爾文嘶聲說。「小嗝嗝．何倫德斯．黑線鱈三世……」

小嗝嗝和魚腳司震驚地盯著他，上次看到阿爾文時，他在深海洞窟裡被恐絞龍吞下肚，他是怎麼活著逃出來的？而且他為什麼要假扮成羅馬人？（註4）

註4　我強烈建議你去讀《馴龍高手II：尖頭龍島與祕寶》。

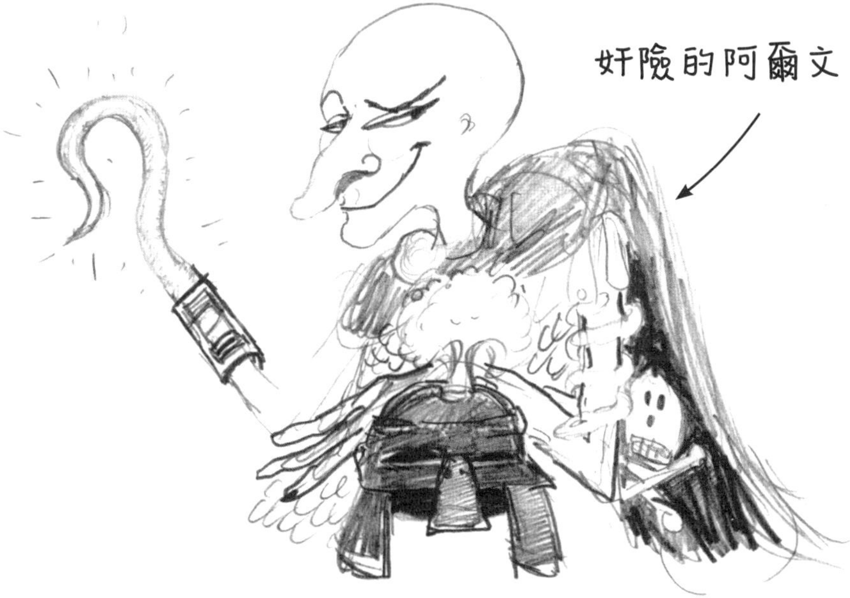

「從你們的表情看來，」阿爾文不懷好意地笑著。「是想知道我是怎麼活著逃出來的，對吧？」

魚腳司和小嗝嗝點了點頭。

「這是個**有趣**的故事，」阿爾文咬牙切齒，眼裡盡是怒火。「你們一定會聽得津津有味……恐絞龍死後，我用劍切開牠的肚子。你們**拋棄**了我，我身邊又沒有能帶我游回海面的龍……」

「我們才沒有拋棄你！」魚腳司尖聲說。「我們又不知道你還活著！」

阿爾文不理他。「……我別無選擇，只能穿過卡利班洞穴群爬回地表。我花了**整整三個月**在黑暗中爬行，餓了就生吃小型穴龍，渴了就舔洞壁的水珠……好不容易回到你們那座噁心小島上，偷了一艘船回到自己的領地，結果呢？我的族人居然**排擠**我——他們拒絕承認我這個族長！你說為什麼？這是因為在那個黑暗的洞穴裡、在恐絞龍骯髒的胃裡……我的身體起了變化……」

阿爾文的聲音變得越來越陰狠。

「那隻低等生物的胃液害我的頭髮掉光了，我的族人不認為沒頭髮的人能當維京人，所以我被自己的部族放逐了。幸好我有羅馬人血統，我外公是羅馬人……羅馬帝國當然很歡迎我這個聰明人，於是，我提出一個引起維京部族內鬥、征服維京人的方法。」

「**叛徒！**」魚腳司怒喊。

「沒錯，我就是叛徒。」阿爾文笑著說。「而且，我還打算組建自己的……**龍族軍隊**。」他首次伸出藏在長袍裡的右手，手臂末端的東西不是手掌，而是用閃亮黃金製造的大鉤子。

「這個金鉤，」他若無其事地說。「是我用寶藏堆的一個黃金杯做的。我當時只能帶著一個杯子爬出卡利班洞穴群，但我還要剩下的寶藏——我需要那些財寶……

「有了『龍族軍隊』，我就能得到所有財寶了。」阿爾文接著說。「我的龍可以游到海底，幫我把寶貝搬上來，可是在此之前我需要一樣東西。小嗝嗝，你應該知道我要的是什麼吧……」

阿爾文用金鉤尖端抵著小嗝嗝胸口。「我需要另外半本《龍語詞典》，有了它，我才能控制龍族軍隊。小嗝嗝，你的另外半本書在哪裡？只要你告訴我，我就讓你和你的魚腳朋友活著，否則非常抱歉，我只能**現在**殺死你們兩個了……」

「你先告訴我，你對沒牙做了什麼？」小嗝嗝問。

「喔，沒牙啊，牠沒事。」阿爾文笑吟吟地回答。

「牠被關在地牢裡。」

小嗝嗝稍微鬆一口氣，至少沒牙還活著。

「快把書給我。」阿爾文命令。

「如果我把書給你，你就不會殺我們嗎？你保證？」小嗝嗝問。

「我保證。」阿爾文微笑著說。

小嗝嗝把手伸進口袋，把破破爛爛、溼答答的半本《龍語詞典》交給阿爾文，反正阿爾文只要隨便搜他的身就找得到，藏著也沒用。

「謝謝你。」阿爾文譏諷道。他扭下手臂末端的金鉤，把他的名劍——暴風寶劍——固定在手臂上。

「慘了。」小嗝嗝說。

胖執政官終於吃完一大份炙烤泡泡納得寶寶佐夢蛇蒜泥醬，注意到這邊的情況。

「瘦長官，這是誰啊？」他拖長了語句，用拉丁語問，邊說邊抹掉沾在第三層下巴的奶油。小嗝嗝發現他看起來狀況不太好：從頭到腳都是可怕的紅色咬痕，還不時用肥胖的手搔抓肥軟的屁股。

「這位，」阿爾文嚴肅地用拉丁語說。「是毛流氓部族的繼承人。」

「這就是你說的超強戰士？」胖執政官驚訝地打量小嗝嗝。

「可是他個子很小很小耶！」

「大人您有所不知，他個子雖小，戰力卻不弱。」奸險的阿爾文告訴他。

「那你打算怎麼處置他呢，瘦長官？」胖執政官問。

「我要殺死他。」阿爾文不懷好意地揮揮暴風寶劍。

「你剛剛才說不會殺我的！」小嗝嗝用拉丁語抗議。

上午茶菜單

最肥胖、最尊貴的胖執政官專用

開胃小菜

炙烤泡泡納得寶寶佐夢蛇蒜泥醬

雲雀舌湯附酥脆奈米龍頭

主菜

烤全牛佐醃漬嘶鷹龍與鯊魚眼醬

雙層龍堡加起司佐酸辣泡菜企鵝肉

活蛙與睡鼠舒芙蕾佐普通花園龍醬

嘔吐休息時間

甜點

猛烈凶魘焦糖布丁

佐燻黑線鱈與巧克力奶油凍

納得與蛾螺太妃糖蛋糕

「嘖嘖，」阿爾文回答。「你上次沒學到教訓嗎？奸險的人怎麼可能守信用呢？」

「親愛的瘦長官，等一下，」胖執政官慢吞吞地說。「現在殺死他太浪費了，我們讓他活到薩圖恩日吧——我想看看這個厲害的戰士在競技場上會有什麼表現……」（註5）

「執政官大人，這樣恐怕不妥，」阿爾文說。「這小子看起來不怎麼樣，但我親眼見過他的所作所為，他可能會害我們的計畫毀於一旦。我們應該現在殺死他，杜絕後患。」

「你說，這裡的老大是誰？」胖執政官問。

「是我——」阿爾文及時制止自己，改口說：「執政官大人，當然是您了，」他奉承地對胖執政官鞠躬。「可是——」

註5　薩圖恩日（Saturn's Day, Saturday），Saturn 為羅馬的農業之神，也是星期六的由來。

「瘦長官，別再說了。」胖執政官命令道。

「大人，請至少讓我殺死那個長得像黑線鱈的男孩吧。」奸險的阿爾文央求。

「執政官大人，我朋友魚腳司是『狂戰士』，」小嗝嗝急忙插嘴，用拉丁語說。「您讓他上競技場打鬥，一定能看到很精采的表演。」（註6）

「真的嗎？」胖執政官驚呼。「今天真是太有趣了。我活了這麼久，還沒遇過狂戰士呢，我想讓他參加比賽。抱歉了，瘦長官，你不能殺那個魚臉男孩。」

「可是，大人——」

胖執政官揮了揮肥胖的手，無視阿爾文的意見。

「把俘虜關進地牢，跟沼澤盜賊部族的繼承人關在一起！」

阿爾文努力克制脾氣，齜牙咧嘴地對胖執政官微笑。「長官，您說得當然

註6　你有沒有聽過「發狂」這個說法？有些維京人在戰場上會發狂，進入狂戰士模式，如果他們是友軍就再好不過，如果他們是「敵軍」，那你就麻煩了……

沒錯，」他用拉丁語說。「但到時若出了問題，您別怪我……」

阿爾文轉向他的葛倫科。「**坐在我身上！**」他用很糟糕的龍語說。「**把我跟另一個繼承人一起放進馬桶！**」

葛倫科立刻跑去坐在阿爾文身上，第一個綁匪用劍柄大力一戳葛倫科，牠才在阿爾文被壓扁前站起來。阿爾文從龍屁股下爬出來，氣得直跳腳。

「**不是，不是，不是！**」他尖吼。他試著把《龍語詞典》的兩半拼在一起，低聲咒罵著找他要的那一頁。「喔，是這一頁！」他滿意地說。「**挖我的鼻孔，然後把我跟沼澤盜賊部族的繼承人一起放進馬桶！**」

第二個綁匪不得不用劍柄大力敲打葛倫科，勉強阻止葛倫科用巨大的爪子幫阿爾文挖鼻孔，結果葛倫科直接把阿爾文拎起來，努力把他塞進胖執政官的大馬桶。

「**繼續啊！**」阿爾文尖叫。

「需要『我』幫忙嗎？」小嗝嗝問。他直接對葛倫科說：「**我覺得瘦長官**

想表達的是，你要把我們抓起來，把我們跟沼澤盜賊部族的繼承人一起關進塔牢裡……」

葛倫科咬住小嗝嗝和魚腳司的後領，把他們像小貓一樣提起來。

小嗝嗝被葛倫科提在空中，來回搖晃，但仍不死心地對阿爾文說：「能不能請你大發慈悲，把沒牙放走？反

正你不需要他，他也從沒傷過你……」

阿爾文爬出馬桶，努力表現出莊嚴的氣勢。

這可不容易。

「你錯了，」他說。「那隻龍曾經在我的頭盔裡大便。我這種奸險的人從不原諒他人，你那隻龍就一直關在地牢裡關到死吧……不對，我有個更好的主意，不如讓牠和你一起參加薩圖恩日的競技賽，你們兩個慘死在一起也不錯……」阿爾文陰狠地冷笑，對葛倫科一揮手。

「**把他們帶走。**」他難得說了一句正確的龍語。葛倫科叼著小嗝嗝和魚腳司走向塔牢，第一個綁匪也跟在後頭。體型碩大的葛倫科爬上木造臺階，在一扇大門前停下腳步，這是監牢的大門，裡頭關著另一個部族的繼承人。第一個綁匪拿起掛在腰帶上的大鑰匙，打開牢門。

「歡迎來到你們未來三週的家，請。」他不懷好意地笑著說。「多練習鬥劍吧……羅馬鬥士都很、很強，我覺得……」

「至少我們可以和沼澤盜賊部族的繼承人見面，」小嗝嗝對魚腳司說。「雖然發生這麼多慘事，不過說不定和她見面後，有機會讓毛流氓部族和沼澤盜賊部族恢復和平……」

第十一章　沼澤盜賊部族的繼承人

葛倫科帶頭走進塔牢，裡頭寬廣卻空蕩蕩的，只有一張桌子、幾張椅子，還有角落一堆勉強充當床鋪的乾草，窗戶也裝了鐵窗，誰也別想逃出去。顯然羅馬人的生活雖奢華，小嗝嗝和魚腳司卻不會得到相同待遇。葛倫科把魚腳司和小嗝嗝放到地上，退出牢房。

「不要客氣。」第一個綁匪譏諷一句，大門「砰」一聲關上。

牢房中央站著一個人，一頭狂亂金髮、一臉凶悍的女孩。

女孩拔出劍，動作華麗。

「**你們**是誰？叫什麼名字？」她惡狠狠地問。「你們是哪裡來的？是誰派你

神楓

們來這裡的？」

「我叫小、小嗝嗝，」小嗝嗝結結巴巴。「這是魚腳司，我們是毛流氓部族的——」

「我不信！」女孩大叫。「你們是羅馬間諜！卑鄙可惡的羅馬人，快拔劍，像**男子漢**一樣堂堂正正地和我『決鬥』！」

小嗝嗝和魚腳司驚訝地看著這個憤怒的小女孩。

魚腳司忍不住笑了起來。

兩秒後，女孩割斷他的褲帶，褲子掉到他腳踝……魚腳司笑不出來了。

「喂！」魚腳司氣呼呼地拎起褲子。「怎麼可以拿劍亂砍人！」

做為回應，女孩高高舉起她的劍，衝向小嗝嗝時發出沼澤盜賊戰吼，這基本上是全力吼出一句髒話。小嗝嗝在最後一刻拔劍擋下她的攻擊，兩個人打了起來。

自從去年意識到自己是左撇子後，小嗝嗝發現自己有鬥劍的天賦。海盜訓練課程有那麼多科目，他唯一擅長的就是劍鬥術，他甚至能輕鬆打敗阿蠢和狗臭。最近，小嗝嗝常另外找時間向毛流氓部族最厲害的劍鬥士——嚴厲蠢頭——學習劍術。

儘管如此，小嗝嗝還是和沼澤盜賊部族的女孩打得不相上下，女孩的手臂揮得很快，小嗝嗝幾乎看不清她的動作，女孩會在兩個劍招之間翻筋斗，還不停「說話」，害小嗝嗝無法專心。

「你這個吃奈米龍、烤蝗蟲、穿托加長袍、膜拜朱比特的羅馬人，跟我堂堂正正**一決勝負**！喔

喔喔你的技術『不錯』嘛——當然，這是以『男生』而言——我這幾天真的超無聊……」

「我們不能好好談一談嗎？」小嗝嗝氣喘如牛。「真的沒必要打架……」可是小女孩完全不理他，繼續自說自話。

「看來你會用『陰森鬍扭打技』，還有『閃砍擊』，還會『死守擋式』，還有——」

「**暫停一下！**」小嗝嗝手忙腳亂地架開女孩的劍招，袖子還被割斷了。他喘著氣說：「我的名字**真的**是小嗝嗝……我**真的**是毛流氓……」

「我不信。」女孩說。「你是羅馬『間諜』！再不承認，我就把你從麵包籃到牡蠣口統統剖開！喔喔喔喔你的防禦其實有點『弱』嘛，你真該多練練防禦……不然你的對手可以『搶攻』——然後……」

她做出完美的刺擊，小嗝嗝勉強在最後一秒擋下這一劍，另一條袖子卻也被割斷了。

「唉呀呀！」小女孩歡呼。「**另一隻**袖子也沒了！」

「**我——不——是——羅——馬——人……**」小嗝嗝背靠著牆，邊喘氣邊說。

「毛流氓也沒好到哪裡去，」女孩稍微頓了頓，又接著說：「我母親說，她只跟死掉的毛流氓和平共處。」

「這就有趣了，」小嗝嗝喘息著說。「**我父親**也說過，他只肯跟死掉的沼澤盜賊和平共處——可是最最有趣的是，要是不團結合作，再過大約兩個星期，我們兩個都會**死得不能再死**，可以『和平共處』了。」

「**真是的**。」女孩嘆息一聲，終於停止攻擊。她靜止不動時，小嗝嗝才發現

她其實個子很小，至少比他矮一個頭。「我本來還想把你砍得頭破血流的。」

她對小嗝嗝粲然一笑。「其實你的劍術**不賴**嘛……當然，是以男生而言……」

「謝謝。」小嗝嗝還沒喘過氣。

小女孩和小嗝嗝握了握手。「幸會，我叫**神楓**，我是沼澤盜賊部族的繼承人。所以，**你**到底是來做什麼的？」

「我們跟妳一樣，被綁架了。」小嗝嗝回答。「而且我的龍不見了，妳有沒有看到一隻這麼高，有綠眼睛的普通花園龍？」

「有啊，」神楓說。「負責送食物的士兵說了很多跟『他』有關的事，那隻龍剛來時，還咬了瘦長官的鼻子呢！」

「不愧是沒牙。」小嗝嗝說。

「瘦長官真的超級討厭他。」神楓說。

「我知道，」小嗝嗝說。「沒牙以前在他的頭盔裡大便，他那麼奸險，不可能原諒沒牙的。」

「那隻龍被關在守備最森嚴的第七層。」

「唉，沒牙好可憐，」小嗝嗝說。「我一想到他被關起來就覺得好難過。他最討厭窄小的空間了——他最喜歡吃兔肉，卻說什麼也不肯鑽進兔窩，每次都站在洞口大聲尖叫——」

就在這時，牢房的門再次開啟，門口站著一名粗壯的士兵，手裡拎著一顆小綠球。

「這是長官給小嗝嗝‧何倫德斯‧黑線鱈三世的禮物。」士兵用拉丁語冷笑著說。

他粗暴地把球丟向小嗝嗝，綠球重重撞在小嗝嗝腹部，害他又喘不過氣了。小球突然舒展開來，氣呼呼地說：「**你、你、你、你有事、事、事嗎？**」小嗝嗝看清那顆球的真面目，心中一喜。

「**沒牙！**」他剛喘過氣，就高聲歡呼。「**沒牙！**」

他欣喜若狂地彎腰抱起小龍，可憐的小沒牙瘦了許多，幾乎變成皮包骨。小嗝嗝摸到牠根根分明的肋骨，看到牠的尾巴軟軟地下垂，而且尾巴末端尖尖的部分不見了——龍如果遭到囚禁或鬱鬱不樂，尾巴可能會產生這種變化。

沒牙假裝自己不在乎，對小嗝嗝呼喊：「很**嗯、嗯、嗯耶——放開我啦！**」卻一邊用短短的

龍手臂環抱住小嗝嗝的脖子，緊緊抱著不放。牠一次又一次在小嗝嗝耳邊輕聲說：「謝、謝、謝謝你……謝謝你……沒、沒、沒牙要是在那個可、可、可怕的地方再多待一個小時，沒、沒、沒牙就要受不了了……謝、謝、謝謝你……」

第十二章　逃脫專家

這句話我說了，你可能覺得沒什麼大不了的，但學習龍族的知識時，你首先會學到一件事：龍幾乎「永遠」不會感謝你。這是沒牙這輩子第一次對小嗝嗝道謝。

沒牙很快就恢復平時的樣子，牠剛才不小心示弱，現在害羞地咬了一下小嗝嗝的耳朵。

牠越來越興奮，繞著小嗝嗝的脖子轉了三圈，一頭鑽進小嗝嗝的上衣，在他胸口、背部和腋窩爬來爬去，小腳和尾巴害小嗝嗝癢得笑個不停。

「別鬧了！」小嗝嗝又喘又笑又叫。沒牙從小嗝嗝領口鑽出來，爬上他的

頭，綠色小腳踩得他的頭髮越來越翹。沒牙坐在小嗝嗝頭上，挺起胸膛得意洋洋地學雞叫了三聲：「**喔喔喔！**」

神楓好奇地看著他們，她對小嗝嗝說龍語時發出的劈啪聲和口哨聲特別感興趣。

「喔，原來就是你，」她說。「你就是那個會跟龍說話的書呆子……」

「跟龍說話又不是什麼丟臉的事，」小嗝嗝不悅地說。「古時候就有人類學龍語，現在會說龍語的人已經很少了，這是很古老、很特別的技能。」

「那個，」魚腳司說。「既然我們救了『沒牙』，該解決的問題就只剩一個了——誰要來救『我們』？」

「我們當然要**自救**啊！」神楓拔劍高呼。「**不逃脫就是死！**」她眼裡閃爍著瘋狂的光芒，大聲叫嚷。「我告訴你們，其實我是逃脫專家，這已經不是我第一次被綁架了。」

「還『逃脫專家』咧。」魚腳司嗤之以鼻。「你們沼澤盜賊都很自大嘛，之前綁架妳的是誰？」

「啊……多半是其他維京部族。」神楓若無其事地說。她哼了首小曲子，愉快地把劍舉過頭頂揮砍。

「傻瓜部族啊……維西暴徒部族啊……我們沼澤盜賊部族和『所有人』都有仇……我們不太會控制脾氣……總之，我上次輕輕鬆鬆就逃離維西暴徒部族了……」

「**輕輕鬆鬆**？」魚腳司不可思議地重複。維西暴徒部族不是都「很凶猛」嗎？

「逃離羅馬堡壘應該就沒這麼容易了，」小嗝嗝說。他摸摸沒牙，沒牙開心地呼嚕呼嚕低吟。「外人不可能進入堡壘，裡面的俘虜也不可能逃出去。妳沒看到外面的四層木籬嗎？還有天上的四顆監視熱氣球？還有那麼多瞭望臺、那麼多衛兵？更何況，我們被困在這個牢房裡，鐵窗關緊、牢門鎖死，妳不可能逃得出去。」

神楓胸有成竹地笑了。「我是逃脫專家，這點伎倆難不倒我。」她說。「沒有人能把沼澤盜賊困在牢裡，我們跟鰻魚一樣滑溜溜的，被困住了還是能逃出去……」

「既然妳是逃脫專家，那為什麼到現在還沒逃出去？」魚腳司問。

「我覺得，還是等我父親派戰士來救我們比較好。」小嗝嗝說。

「沒牙被抓走時，你父親也沒派戰士來救他啊。」魚腳司指出。

「可是我**差一點**就要說服他了，」小嗝嗝興奮地說。「我覺得他真的有把我的話聽進去……而且我不是龍，我是他的『兒子』……」

沒牙不滿地咬他一口。

「他一定會來的。」小嗝嗝說。「我要坐在這裡等他。」小嗝嗝在鐵窗前的凳子上坐下，望向博克島方向的海洋。外頭正在下雨，在這種陰雨綿綿的日子，你只要踏出門兩秒鐘就會全身溼透。「他一定、一定會來救我的。」

話雖這麼說，小嗝嗝還是很焦躁。史圖依克看到小嗝嗝的成績單時，好像真的很失望，要是他覺得成績優異的鼻涕粗更適合當毛流氓部族的繼承人，那該怎麼辦……說不定小嗝嗝被綁架，他父親反而鬆了一口氣……說不定，說不定……說不定他父親根本不會來……

第十三章　此時此刻，博克島上……

此時此刻的博克島上，偉大的史圖依克正抱頭坐在家中的餐桌前。

「族長不該感到痛苦……」他一次又一次告訴自己。「族長不該感到恐懼……族長不能被這些情感控制住，變得懦弱……」

但說來奇怪，他唸了這麼久，心情還是沒有好起來。

「你以後還可以生另一個兒子……」他告訴自己。可是狂風呼嘯著捲過大海、潮溼的蕨叢與雨水，吹開木屋的門，每一陣風似乎都在對他說：

「……可是，小嗝嗝就只有這麼一個。」

我還有資格當族長嗎？他苦惱地想。**恐怖陰森翡要是遇到這種情況，當然**

不會遲疑！恐怖陰森鬍一定會清楚知道，這是沼澤盜賊部族的錯，直接跑去狂揍那些沼澤盜賊，把她們揍到全部去英靈神殿見奧丁了……

然而這時候，他看到小嗝嗝帶回來的那頂羅馬頭盔，開始懷疑自己的信念。

難道小嗝嗝說得對，羅馬人真的來內海群島惹是生非了？

史圖依克嘆口氣，拿起桌上一張紙。紙上是他剛剛寫下的文字：

計畫A：航行去找澤道賊領地，痛奏所有人。

他拿起羽毛筆，沾了點墨水，寫下：

計畫B：派站士去找螺馬保壘。

媽咪

但哪一個選項才是正確的呢？
有時候，族長一職非常孤寂。

第十四章　神楓的逃脫計畫

接下來這一星期，小嗝嗝一直坐在鐵窗前，等父親的戰士隊伍來救他。

沒牙過來坐在小嗝嗝的頭上，這是他們養成的習慣——小嗝嗝每次去野龍崖賞龍，沒牙就會坐在他頭上。小嗝嗝在《龍語詞典》裡畫圖寫字時，沒牙就閉著一隻眼睛、半睜著另一隻，看看附近

有沒有粗心大意的兔子或小老鼠可以抓來吃。他們常安靜地坐上數小時，一點也不覺得尷尬。

現在，他們一起坐在窗前，眼睛不停尋找不存在的船隻。

牢房位於塔牢高處，當俘虜唯一的好處，就是

不必出門。

外頭雨下個不停，還不是普通的小雨，這是蠻荒群島——全世界最潮溼的地區之一——獨有的大雨，天空彷彿變成一桶怎麼倒也倒不完的水，一整週持續把雨倒在地上那些可憐的人們頭上。

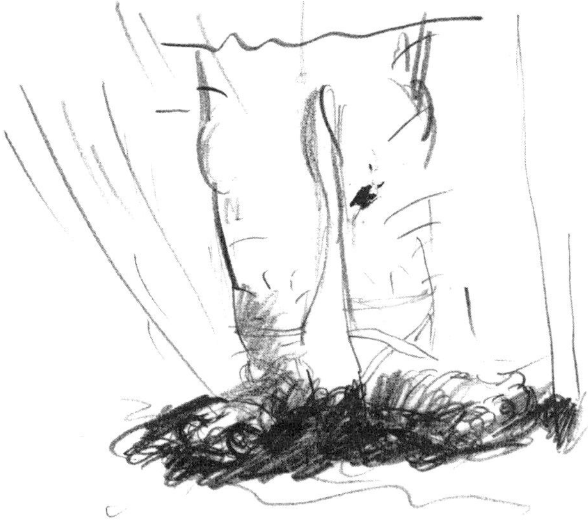

旅行對羅馬人而言不算什麼，可是他們不習慣這種天氣——沒有人習慣這種天氣。小嗝嗝在高高的塔牢上，饒有興致地看著士兵的訓練區化為一灘黑泥，胖執政官的溫水浴池滿溢出來，池水和雨水流到馬場上。廚房積水深及膝蓋，小嗝嗝甚至覺得塔牢的地基變得鬆軟，滲出水來，整棟建築往下陷了幾公分。

下雨唯一的好處是，被關在大鐵籠裡的龍都靜了下來。遇到下雨天，龍族通常會睡覺，牠們的皮膚有防水功能，因此會把翅膀當作雨傘撐開，窩在翅膀下休眠。

塔牢裡雖然沒什麼東西，至少還算乾燥。羅馬人沒有拿走小嗝嗝、魚腳司和神楓的劍和盾牌，以便他們練習劍鬥術，在薩圖恩日的競賽中大顯身手。

每天都有士兵幫他們送食物，而且餐點非常豐盛，但有點太油膩了。小嗝嗝實在吃不慣什麼豬包睡鼠包小青蛙醬，還有什麼奶油炸牡蠣。每次看到盤子上出現炒龍肉派或普通花園龍沾麵糊，他們連碰也不肯碰。

沒牙幾乎沒進食，小嗝嗝試著說服牠吃點東西時，沒牙總是不屑地扭頭。

「羅馬食、食、食物超、噁、心！」牠說。「都是蒜、蒜、蒜。沒牙要好、好、好吃的魚。要吃鯖魚。」

至於神楓，她到現在還沒放棄那些瘋狂的逃脫計畫。

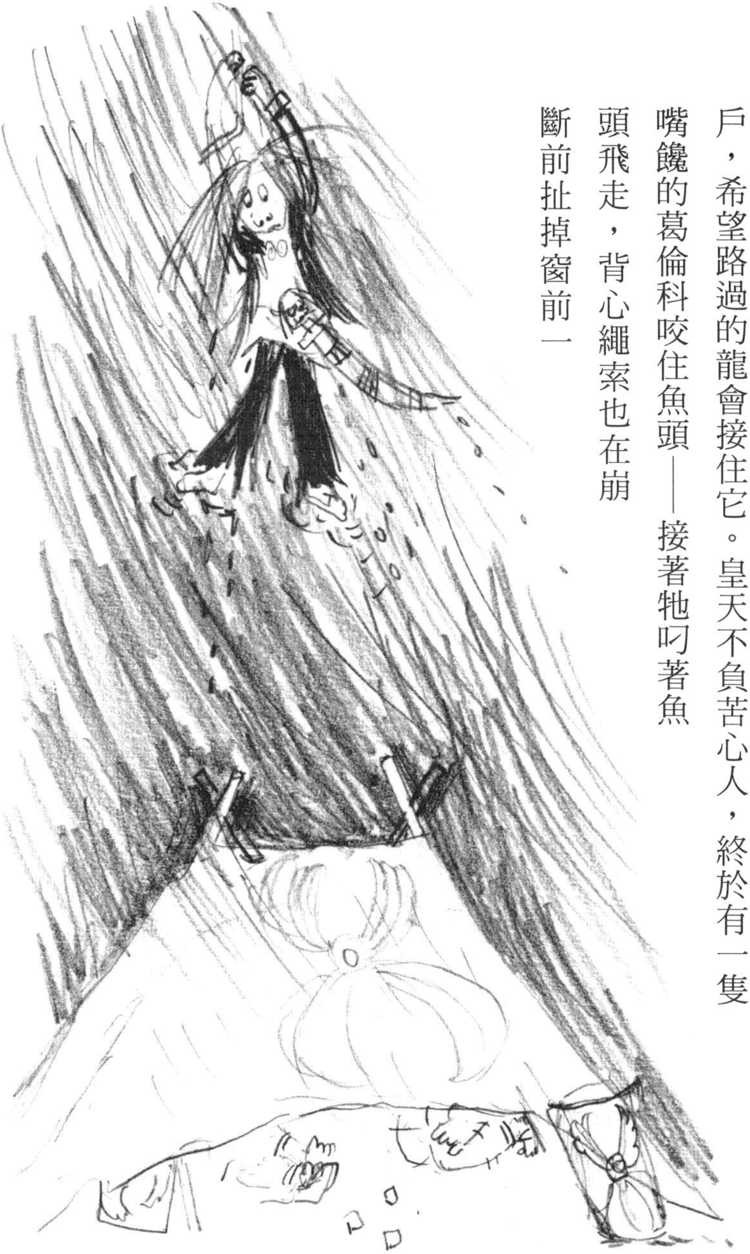

她說服小嗝嗝和魚腳司幫忙把背心編成兩條繩子，繩子的一端綁住魚頭，另一端繫在鐵窗上。接下來的三個夜晚，她一次次把魚頭丟出窗戶，希望路過的龍會接住它。皇天不負苦心人，終於有一隻嘴饞的葛倫科咬住魚頭——接著牠叼著魚頭飛走，背心繩索也在崩斷前扯掉窗前一

根鐵條。

神楓勉強鑽出窗戶，抓著第二條繩索往下爬，可是繩索末端離地面還有二十公尺高。她抓著繩索在那邊待了很久，最後不得不放開，那時下方剛好有十幾個士兵撐起大傘玩骰子，神楓就這麼摔在其中一名胖士兵身上。

結果，神楓和小嗝嗝他們被換到一樓一間據說更牢固的牢房。

儘管如此，神楓還是不死心，她花了四天用小嗝嗝的頭盔挖地道，可惜她挖著挖著跑到胖執政官的浴室去了。光溜溜的胖執政官尖聲叫守衛把神楓抓起來，之後他們又被換回原本的牢房，發現有人把鐵窗修好了。

神楓的第三個逃脫計畫，也是最瘋狂的逃脫計畫。

她偷襲那個每天送食

物過來的士兵，用餐盤敲暈他。

神楓打算換上他的衣服，假扮成羅馬士兵。

「不可能成功的，」小嗝嗝說。「妳瞞不過任何人。首先，妳是女生，而且妳身高才一百二十公分，妳有看到這種身高的羅馬士兵嗎？這麼矮的人根本不可能加入軍隊。」

「唉呀，你每次都那麼『悲觀』。」神楓嘀咕。她戴上士兵的頭盔，頭盔大到幾乎完全遮住她的視線。

「而且妳想想看，他們發現妳把他們的人敲暈了，一定會很火大。」小嗝嗝指出。他看向地上那個只穿著羅馬內褲、正靜靜沉眠的士兵。

「那你怎麼不『想想看』？」神楓不高興地說。「你看看你，整天盯著窗外看有什麼用？你父親**永遠不會來的……**」

小嗝嗝皺起了臉。

「他會來救我的。」他不願退縮。

神楓套上羅馬士兵的上衣，袖子捲了四次才露出雙手，但垂到地上的衣襬就沒辦法了。她看起來像個穿著婚紗、個子很矮很小的軍人。

「那**你們**等著在薩圖恩日上競技場跟羅馬鬥士戰鬥吧，偉大的**神楓**要回家了……」

她跨出第三步，就面朝下摔倒在地。

小嗝嗝和魚腳司非常努力憋笑。

神楓泰然自若地站起身，

像個貨真價實的新娘般提起過長的衣襬。「沒人能把沼澤盜賊關在牢裡。」她邊說邊從上衣口袋掏出鑰匙，開啟牢門，「長裙」窸窣聲隨她離去。

小嗝嗝繼續望向窗外。

「他會來的……」小嗝嗝說。強風將雨水吹進窗子，小嗝嗝不得不離開他平時的座位，但他還是隔著鐵窗遙望遠方，尋找不存在的船帆。海上只有永無止境的大雨，雨水敲擊岩石、滲入石楠叢，可憐的衛兵站在崗位上想著羅馬明媚的陽光，他們涼鞋裡滿是泥濘，口袋裡滿是雨水。

狂風尖嘯著掠過大海，攀上陰森的黑崖，越過羅馬堡壘的層層庭院，穿透小嗝嗝的鐵窗時，帶來一大波雨水。風聲似乎在回應小嗝嗝……

「……可是他遲到了……」

……想著羅馬明媚的陽光……

那天晚上，神楓沒有回來。小嗝嗝和魚腳司又驚又奇，難道她「真的」成功逃出去了嗎？可是那天晚上送食物來的士兵臭著臉說，她離開塔牢不到兩秒鐘就被逮到了，現在一個人關禁閉，三天後才能出來。

「那個小野蠻人真是活該！」士兵揉著頭上被打腫的地方說。

「三天！」魚腳司興奮地說。「這三天我們都不用聽她吵吵鬧鬧了！」

「其實神楓沒那麼討厭啦。」小嗝嗝說。

「嗯……」魚腳司不是很同意。「可是她很自大，而且一直講個不停。我今天晚上終於可以安安靜靜睡一覺了。」

第十五章　鯊龍來了

漫漫長夜裡，陰邪堡附近的海域發生了一件詭異又恐怖的事。

雨滴源源不絕地灑下來，過去幾天胖執政官的溫水池池水不停外溢，熱水沿著山丘流入海洋，這股暖流吸引了誰也不樂見的訪客……「鯊龍」。

鯊龍從四面八方湧來，宛如噩夢中的怪獸，但非常不幸的是，牠們存在於現實世界。牠們擁有鯊魚強而有力的尾巴，卻也有鱷魚般粗壯的短腿，幫助牠們在水中加速前進。

游向陰邪堡的鯊龍群不只一、兩隻，而是數以萬計。薩圖恩日前一天早晨，旭日東升時，陰邪島周遭多了一圈不停扭動的鋸齒狀黑鰭，鯊龍群像盤旋的禿鷹，繞著陰邪島游。

牠們似乎在等待著什麼。鯊龍是非常古老的動物，天曉得牠們的腦袋是在什麼黑暗恐怖的爐子裡煉成的……牠們不知道自己**為何**等待，只知道嗅到了溫水及不久後即將到來的危險、即將奔流的鮮血，與即將暴露在空氣中的內臟。

於是，牠們耐心又貪婪地等待，一直等待、等待、等待，等著未來某個悲慘的事件為牠們奉上晚餐。

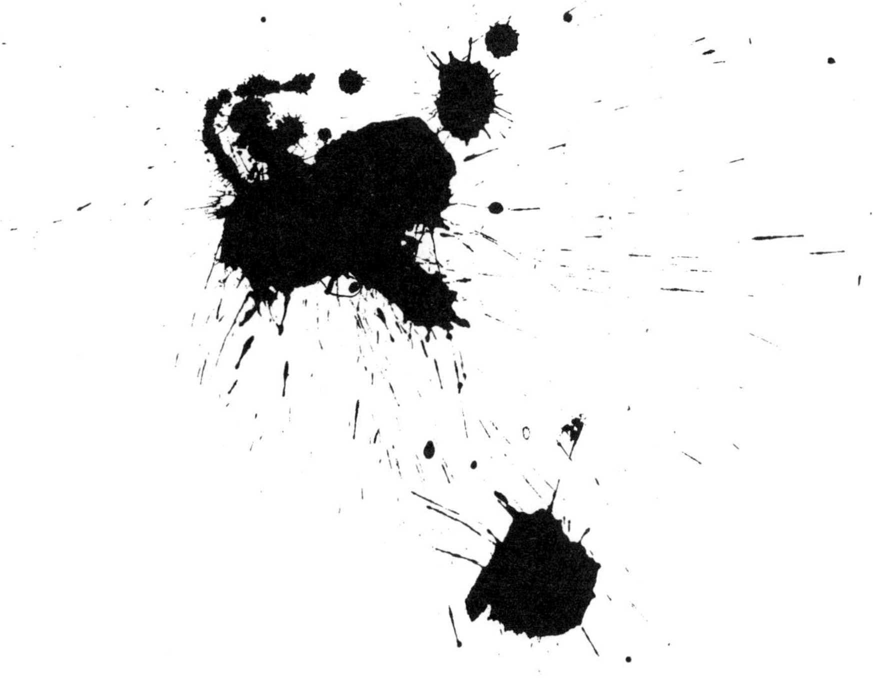

第十六章　鋌而走險的狡計

薩圖恩日的前一天，神楓終於回來了。

她不像平時那麼歡樂，而是垂頭喪氣地在牢房裡晃來晃去，就連魚腳司也擔心起她的狀況。神楓走到鐵窗前，坐在小嗝嗝身旁。

「說不定，」她難過地說。「說不定把沼澤盜賊鎖在牢裡也不是不可能。我不懂，我明明是**逃脫專家**……明明沒有監牢困得住我……」

「羅馬人蓋的監牢真的很牢固。」小嗝嗝對她說。

「我只跟**死掉的**羅馬人和平共處。」神楓說。

小嗝嗝嘆一口氣。「羅馬人裡應該也有很多好人，可是那些好人大概都在

羅馬做自己的事吧。對了，阿爾文其實不是羅馬人，他跟我們一樣，是維京人。」

「小嗝嗝我跟你說，你父親**真的**不會派戰士隊伍來救你。」神楓溫和道。

小嗝嗝望向窗外。神楓說得沒錯，**他的父親不會來**，也許史圖依克覺得小嗝嗝不值得他冒險……

「好吧，」小嗝嗝努力不讓自己、魚腳司和神楓絕望。「是時候再想一個計畫了。」

「喔喔，我知道了！」神楓恢復活力，一把抽出她的劍。「我們來練習劍鬥術！就算死，也要死得**好看！**」

「不要。」小嗝嗝說。

「你的劍術很好啊——當然，這是以『男生』而言……」神楓一臉失望。

「我不喜歡無意義的鬥劍。」小嗝嗝說。「我有個想法：有一隻名叫齊格拉斯提卡的龍，他欠我一份人情……」

「喔喔喔喔，齊格拉斯提卡——聽起來好可怕。」神楓說。「你覺得他能幫我們嗎？」

「不曉得。」小嗝嗝承認。

雖然那隻奈米龍不在牢房裡，小嗝嗝還是硬著頭皮奮力大喊三聲：「**齊格拉斯提卡！**」

「**我們**都出不去了，欠你人情的龍要怎麼進來？」神楓問。

「妳等等就知道了。」小嗝嗝說。

大約過了三個小時，什麼事都沒發生。小嗝嗝其實不覺得這個計畫能有什麼效果，他只是想讓神楓打起精神而已……可是他突然聽到一陣細微的窸窣聲，那隻黑紅相間的小龍從雙層鐵窗擠進來，在牢房裡飛來飛去。

「不會吧。」神楓說。「**拜託**別跟我說這就是欠你人情的龍……」

「沒錯，」小嗝嗝震驚道。「就是他。我喊他的名字，他就真的來了，太不可思議了！」

「這隻龍比沒牙還小，」魚腳司說。「他怎麼可能幫我們？難道羅馬軍團看到一隻跟大黃蜂差不多小的龍，會嚇得發抖嗎？他只比甲蟲大一點點，要怎麼幫我們對抗一整支羅馬軍團？」

「不然你以為我能找誰幫忙？」小嗝嗝問。「你要我找巨無霸海龍嗎？等等，沒牙……**你在做什麼？**」

沒牙躡手躡腳地跟在齊格拉斯提卡身後，像隻準備抓老鼠的貓。

「**沒牙，住手！**」小嗝嗝大叫。「**不可以把他吃掉，他是我們活著離開這裡的唯一一線希望！**」

可是沒牙已經兩個星期沒狩獵了，牠追著不停尖叫的齊格拉斯提卡在牢裡到處飛，直到齊格拉斯提卡被困在天花板一角，沒牙

把牠一口含進嘴裡。

沒牙飛到小嗝嗝搆不到的地方，牠鼓著一邊臉頰，齊格拉斯提卡的小尾巴在牠嘴巴外氣憤地甩動。

「快把他吐出來！」小嗝嗝高呼著跳上跳下，氣急敗壞地試著抓住沒牙的尾巴。

「沒牙，我不是在開玩笑——你要是吃了那隻奈米龍，

我們就沒辦法活著離開這裡了！」

沒牙調皮地看他一眼，又閃身飛到牢房另一個角落。

魚腳司和神楓也跟著跳上跳下，試圖抓住貼著天花板飛來飛去的

沒牙，沒牙則開心得直尖叫。

神楓爬上魚腳司的肩膀，小嗝嗝拿著掃把爬上椅子，試著把沒牙往神楓的方向掃。

然而小嗝嗝沒掃到沒牙，掃把朝神楓和魚腳司直飛過去，他們撞倒了小嗝嗝的椅子，最後三個人在地上跌得亂七八糟。

沒牙歡樂地在空中翻筋斗，牠笑得太誇張，嘴裡的齊格拉斯提卡還差點掉出來。沒牙已經好久好久沒玩得這麼開心了。

「好，」小嗝嗝壓低聲音對神楓和魚腳司說。「我們用不同的策略……」

「我們沒時間搞這些有的沒的，」小嗝嗝大聲說。「我們不要理沒牙，來，大家聚到我身邊，我把計畫告訴你們……」

「喔，我懂了。」魚腳司說。

魚腳司、神楓和小嗝嗝圍成小圈圈，小嗝嗝開始大聲說悄悄話。

沒牙繼續飛在空中，發出沒禮貌的「呸、呸」聲。

沒有人理牠。

沒牙終於耐不住好奇心，飛下來試著偷聽——而後神楓用力往上跳，一把抓住牠。

「哈！」小嗝嗝得意地說。他嚴肅地俯瞰不斷掙扎的小龍。「沒牙，你鬧夠了，快把他吐、出、來。」

沒牙做了個鬥雞眼，喉嚨發出吞嚥的聲音……

「啊啊啊啊啊啊！」小嗝嗝尖呼。

沒牙把齊格拉斯提卡吐在地上。

「開、開、開玩笑嘛。」牠說。

齊格拉斯提卡**氣極了**。小嗝嗝小心翼翼地把牠放到桌上，接下來五分鐘，牠氣得什麼話也不肯說，只專心把翅膀上的口水甩掉。

「陛下，我真的真的很抱歉，我會好好管教沒牙的。」小嗝嗝盡量恭敬說。

齊格拉斯提卡的語氣十分冰冷。「蒼鷺腿男孩，要不是欠你一份人情，」牠怒罵。「那隻龍就死定了……」

沒牙輕蔑地笑了起來。「你以為自己很厲、厲、厲害嗎？你想怎樣，把沒、沒、沒牙搔癢搔到

死、死、死嗎？」

「沒牙，閉嘴。」小嗝嗝說。「齊格拉斯提卡，謝謝您特地趕來。對了，您長得超級超級帥氣……您的腿真是太尊貴了……」

齊格拉斯提卡似乎沒那麼氣了，低頭欣賞起自己高貴的膝蓋。

「還有您的翅膀，我從來沒看過這麼細緻的翅膀！尊敬的陛下，容我說明我想請您做的事……」

小嗝嗝把他「鋌而走險的狡計」說給奈米龍聽。

奈米龍沉默片刻。

「這個計畫，」牠終於開口說。「真的很爛。」

「就、就、就說吧，」沒牙說。「小、小、小嗝嗝的計畫都很爛……」

「你還活著，就表示我的計畫不爛。」小嗝嗝回嘴。

「而且，」奈米龍說。「我只欠你一份人情，你卻要我做兩件事。」

「您想想看，胖執政官一定會氣死……」小嗝嗝央求道。

奈米龍想了想，甩了甩黑紅相間的翅膀，臉上浮現很小很小的微笑。

「好吧，」齊格拉斯提卡說。「我會幫你，但計畫要是失敗了就別怪我……對了，小馬鈴薯鼻子男孩，你的朋友怎麼長得比你還醜！你是去哪裡找到這兩個人類的啊？我這輩子還沒看過長得這麼像小頭油鰈魚的人……」牠沒禮貌地用翅膀指向魚腳司。

說完，奈米龍自傲地扭了扭屁股，飛出窗戶。

「他同意了嗎？」神楓問。

小嗝嗝點點頭，努力裝出胸有成竹的模樣。

「反正天氣這麼差，」

他說。「那些羅馬人明天應該也辦不了薩圖恩日競賽。我從這邊的窗戶就能看到場地了，現在地上的水很深，我們一定是半條腿泡在水裡——地面太溼太滑了，不適合打鬥。如果運氣夠好，他們說不定會取消競賽。」

第十七章　薩圖恩日的競技表演

隔天就是薩圖恩日，呼嘯了一整週的風突然消失無蹤，就連天上的烏雲也全數散去，天空是明亮的蔚藍色，絲毫沒有下雨的跡象，非常適合舉辦慶典。小嗝嗝從早上十點就坐在窗邊，看下面的人在競技場為競賽做準備，有人在觀眾席掛上羅馬旗幟，有人在胖執政官的座位搭起涼棚、擺放坐墊，還有人在競技場上頭和內部鋪上金屬網，以免表演的龍逃出去或攻擊觀眾。

競技場的觀眾席越來越多人，每個人都急著找個視野佳的位子。觀眾大多是軍人、廚師和木匠，今天是羅馬的國定假日，因而能放假休息，在競技場裡買食物和葡萄酒消磨時間。到了下午，表演即將開始時，競技場裡氣氛活絡，大家都在唱歌，甚至有人在座位上跳舞。

到下午兩點整，幾名喇叭手走到執政官的涼棚前，這個區域掛滿了羅馬旗子和帝國旗幟，布置得豪華無比。喇叭手響亮地吹奏幾聲，所有人靜了下來，站起來看胖執政官一行人走進競技場。走在最前頭的是胖執政官，他非常緩慢地往前挪移，兩條手臂各由一名奴隸攙扶，還有個專門捧著他大肚子的奴隸。胖執政官每走兩步，就要停下來喘氣。

胖執政官的身體狀況不太好，從頭到腳都是難看的紅疹和溼疹傷痕。奴隸們扶著他坐上椅子後，輪流用長得像大叉子的東西幫他抓癢，他似乎覺得稍微好受一些，可是從他扭來扭去、抓來抓去的樣子看來，他還是很不舒服。

胖執政官正在吃「小」點心，那是一份番茄睡鼠醬雙層龍堡，還有一些龍米花。

奸險的阿爾文坐在他身旁。又一連串的喇叭聲過後，兩個奴隸抬著軍團的

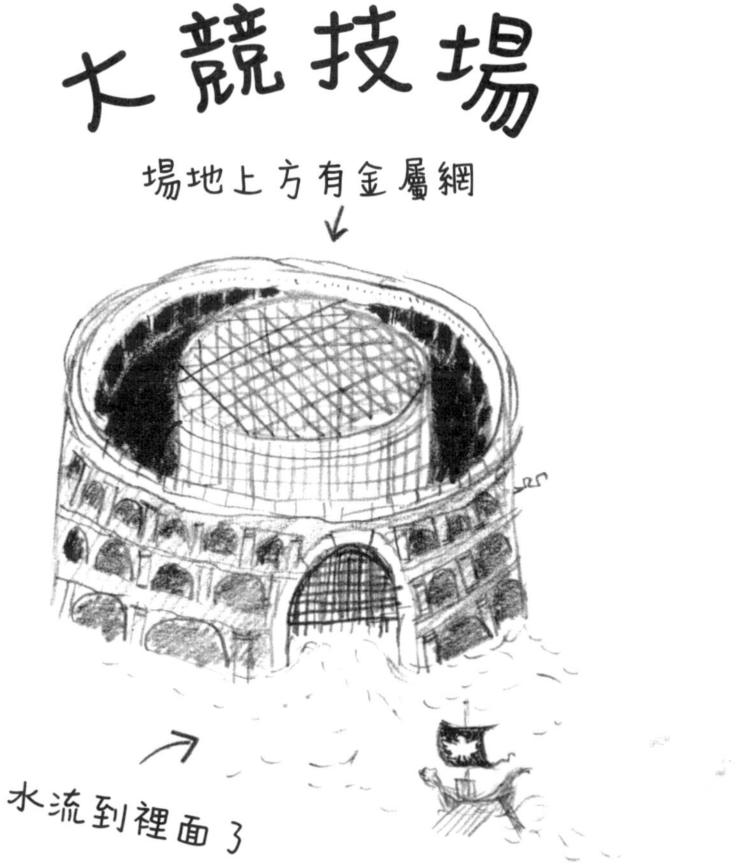
大競技場
場地上方有金屬網
水流到裡面了

禮盾走來，盾牌以華美的金色老鷹裝飾，老鷹抓著一條魚。奸險的阿爾文用金鉤敲了盾牌三下。

「**我在此正式宣布，薩圖恩日競賽開始！**」他用拉丁語高喊。「**各位觀眾朋友……歡迎觀賞我們的競賽，讚嘆羅馬帝國的光榮！各位今日將看到名叫『適者生存』的娛樂節目……**」

觀眾瘋狂鼓掌。三百隻染成各種色彩的鴿子被放入競技場，在場上飛來飛去，對同類咕咕叫。

這時，競技場的鐵門開啟，咕咕聲轉為驚恐的叫聲。五十隻小響尾龍在觀眾的歡呼與叫囂聲中爬到場上，青色眼睛貪婪地閃爍著。

響尾龍體型不大，卻是相當凶猛的掠食動物，經常成群狩獵。牠們還能改變身體的顏色融入環境，現在則是變成土色，躲在地上。

鴿子拚命撞擊競技場周圍的金屬網，卻怎麼也逃不出去。

響尾龍宛如獵捕麻雀的貓群，偷偷摸摸飛到空中，邊飛邊轉成天空藍。鴿群困惑地來回逃竄……然後，響尾龍的領袖發出攻擊信號。

不到六十秒後，空氣中飄滿血霧與七彩羽毛，場上一隻鴿子也不剩。

響尾龍慶祝勝利的方式，就是變成剛被吃掉的鴿子的顏色，彩虹般的響尾龍在空中尖叫、衝刺、翻滾，唱出感謝與讚美剛才那頓大餐的歌曲。

鐵門再次開啟，響尾龍立即安靜下來，變回天空藍。現在，輪到牠們奮力衝撞金屬網，卻怎麼也逃不出去。

二十隻皮粗肉厚的黑色亮牙龍緩緩走上場，尖銳的牙齒在陽光下閃閃發亮，爪子在沙地上留下可怕的爪痕。響尾龍不久前還是掠食者，現在卻成了驚慌逃竄的獵物，觀眾看得很開心，發出殘忍的笑聲。

小嗝嗝在塔牢鐵窗前看到這一幕，終於看不下去了，他知道響尾龍不是亮牙龍的對手。他沉重地嘆息一聲，離開窗邊。

沒牙僅僅看了亮牙龍一眼，就立刻躲進小嗝嗝的上衣，說什麼也不肯出來。

牢房的門被重重推開，之前的第一個綁匪帶著二十名全副武裝的士兵走進來。

「是時間你們去競技表演的。」第一個綁匪興高采烈地說。

「來吧……」神楓一臉嚴肅地說。「是時候像**英雄**一樣面對死亡了。」

「我們又不一定會死，」小嗝嗝說。「別忘了我的計畫……」

「你的『計畫』是指最後一刻被一隻超級無敵小的龍拯救嗎？」魚腳司問。

士兵們領著他們走出塔牢，穿過幾層庭院，走下層層溼滑的階梯——小嗝不小心滑了一跤，小腿還擦傷了。最後，他們沿著階梯來到一個地下空間，地上綁著一艘維京小船，上頭寫著「英靈神殿特快號」幾個大字。

小房間開始淹水——其中一面牆上的水堤開了，海水不停湧進來。

「請的上船。」第一個綁匪笑嘻嘻地說。

神楓非常驚訝。「你覺得他們會放我們走嗎？」她問小嗝嗝。

「不可能。」小嗝嗝嚴肅地回答。「妳看，他們把水堤開了一半……我昨天說了，現在地上又溼又滑，不適合打鬥，他們也知道這一點，所以要讓競技場淹水。我之前就覺得他們可能會這麼做……看來我們得表演海上作戰，娛樂那些羅馬人。」

「那些亮、亮、亮牙龍怎麼辦？」沒牙縮在小嗝嗝衣服裡問。

「海水會把亮牙龍淹死，」小嗝嗝說。「他們不會游泳……那我們的對手會是誰呢？說不定他們會叫我們和一整船的羅馬戰士戰鬥……我聽說羅馬有這種海上戰鬥表演。」

第一個綁匪哈哈大笑。「等等看看。」他說。三個維京孩子和沒牙都上了船，地底房間已經有一半淹在水下，小船浮起來了。綁匪愉快地對他們揮揮手，一刀割斷綁著英靈神殿特快號的繩索。

第十八章　英靈神殿特快號

英靈神殿特快號被強力水流往前沖，迅速沿著地道前進。

地道最深處是通往競技場的鐵門，鐵門打開讓英靈神殿特快號駛到競技場中央，現在場上已經積了三公尺深的海水。觀眾開始高聲歡呼。

「**各位觀眾朋友！**」奸險的阿爾文坐在胖執政官的涼棚下，用拉丁語高喊。「**我們熱烈歡迎英靈神殿特快號，還有當地維京部族的繼承人，以及他們可笑的龍——沒牙——那隻龍將會為過去在我頭盔裡大便的事情深深後悔！**」

沒牙向來喜歡受人注目，牠從小嗝嗝的衣服裡爬出來，對觀眾鞠躬，還為瘋狂喝采的觀眾翻了幾個筋斗。牠不知道觀眾其實在嘲笑牠嬌小的體型，還挺著小小的胸膛噴火，發出得意的雞鳴。

「奇怪，」小嗝嗝用手測試水溫，皺著眉頭說。「水怎麼這麼暖？應該是胖執政官的游泳池水吧……」

神楓動作華麗地拔出她的劍——無敵。「你們這些羅馬懦夫，也敢『嘲笑』我們？」她高呼。「有種就**下來**打一場啊，看看到時候誰笑得比較大聲！你們這些吃龍的**幼稚**小鬼……」

看到這一幕，觀眾笑得合不攏嘴。「快看！」他們用力拍打彼此的背，害朋友的龍趾米花到處飛。「是『女』維京人耶！維京人居然這麼弱，還讓女生當繼承人！這太可笑了啦……」

神楓聽不懂拉丁語，但她大概知道這些人在說什麼，她整張臉變得比龍蝦還紅。神楓扯著嗓子大叫：「**我要殺了你們所有人！把你們從麵包籃到食物洞全部割開！有種就下來跟我這個女生打一場！**」

觀眾笑得更開心了。

「阿爾文，你還在拖拖拉拉的做什麼？」小嗝嗝用拉丁語喊道。「快放你們的鬥士來跟我們打一場！」

「是啊，瘦長官，別浪費時間了。」胖執政官打了個哈欠。「我要看小狂戰士發狂……還要看這個出名的小戰士戰鬥……」

「**小嗝嗝．何倫德斯．黑線鱈三世！**」阿爾文用拉丁語大喊。「**準備受死吧！士兵們，開啟地道！**」

吱嘎聲響起，左邊一條地道的閘門升起……

第十九章　啊啊啊啊啊啊！

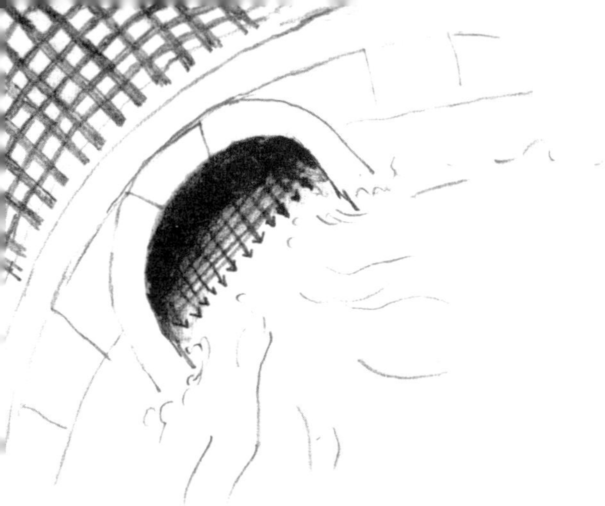

地道開啟了，卻沒有滿載羅馬鬥士的船隻出現。

「這是怎麼回事？」魚腳司尖聲說。「鬥士呢？」

小嗝嗝聚精會神地盯著地道，裡頭似乎沒東西，湧出來的只有四波深色水浪……就和水面的漣漪一樣，沒什麼危險性。

漣漪悠然捲入競技場，開始包圍英靈神殿

特快號。

奇怪。小嗝嗝心想。他正想仔細看看那些深色漣漪，突然有尖銳的東西切開水面……

　　那是有著麵包刀般鋸齒狀邊緣的黑色背鰭。

「**有鯊龍！**」魚腳司尖叫。「我就知道！**我就知道！**我就知道我們總有一天會遇到這些怪獸……」

「你們今天的對手不是鬥士，」阿爾文坐在安全的涼棚裡，用拉丁語對小嗝嗝等人喊道。「小嗝嗝，這附近的人都把你當作馴龍高手——我們就來看看你怎麼馴服

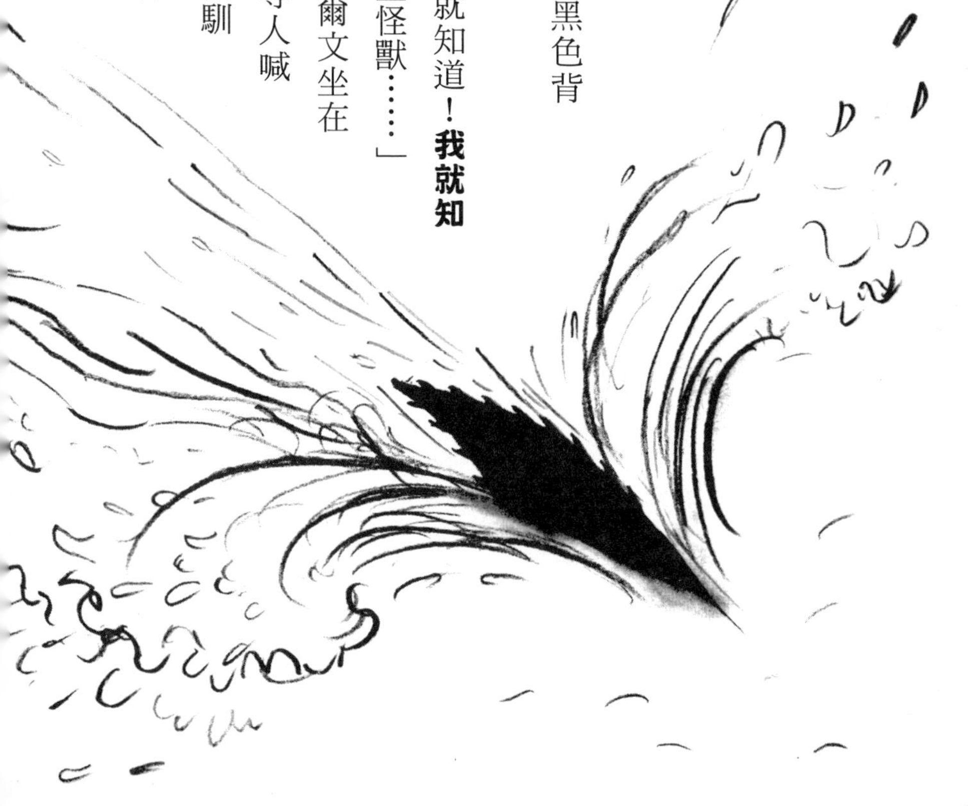

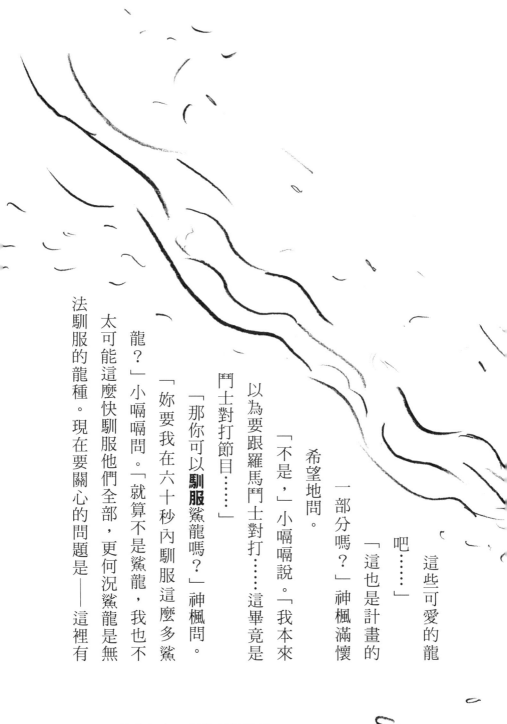

這些可愛的龍吧……」

「這也是計畫的一部分嗎？」神楓滿懷希望地問。

「不是，」小嗝嗝說。「我本來以為要跟羅馬鬥士對打……這畢竟是鬥士對打節目……」

「那你可以**馴服**鯊龍嗎？」神楓問。

「妳要我在六十秒內馴服這麼多鯊龍？」小嗝嗝問。「就算不是鯊龍，我也不太可能這麼快馴服他們全部，更何況鯊龍是無法馴服的龍種。現在要關心的問題是——這裡有人受傷嗎？」

「『你』受傷了。」魚腳司指出。「你剛剛不是在樓梯上跌倒嗎？」

「**好棒喔**。」小嗝嗝看著小腿那道長長的傷痕，諷刺道。「我們今天運氣也太好了吧。既然這樣，就只剩一個選擇了，大家不要著急，我趕快呼叫……**齊格拉斯提卡！**」

什麼事都沒發生。

水面的漣漪化成四隻鯊龍的背鰭，牠們繞著小船轉圈，越游越近、越游越近。

「**齊格拉斯提卡！**」三個維京人齊聲大喊。

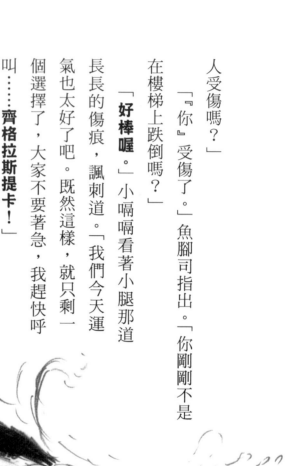

一道黑紅相間的光影閃過，奈米龍不知從哪裡飛過來，降落在神楓頭頂。

「你叫我？」齊格拉斯提卡說。

「您來得正好！」小嗝嗝說。「計畫進行得怎麼樣？」

「你的計畫很爛，」齊格拉斯提卡說。「不過目前為止計畫可以說進行得相當順利……」

「你們都離我遠一點！」小嗝嗝催促他們。「把我裝進那邊那個木桶，然後把我丟下船！」

「那計畫怎麼辦？」魚腳司問。

「這就是我們的計畫。」小嗝嗝回答。

「喔，原來如此。」魚腳司說。「所以

你說的『鋌而走險』真的是**鋌而走險**啊……」

「你以為你蹲在木桶裡，鯊龍就吃不到你嗎！」神楓一臉不可思議。

「能不能不要吵，照我說的做就好？」小嗝嗝怒斥。「我們快沒時間了——那幾隻鯊龍隨時可能爬上船！他們要的不是你們，是受了傷的我……」

鯊龍繞的圈子的確越縮越小，現在魚腳司只要伸出手，就能輕易碰到牠們的背鰭。

魚腳司和神楓將小嗝嗝塞進木桶，齊格拉斯提卡也跟著飛進去。魚腳司和神楓遲疑了。

「你確定要我們把你丟下船？」魚腳司驚恐地盯著切割水面的背鰭。

「非常確定。」小嗝嗝的聲音隔了一層木板傳出來，有點模糊不清。

「水裡有**鯊龍**喔，你確定？」神楓說。

「**快點啦！**」小嗝嗝嚷嚷。

神楓和魚腳司不情願地把木桶滾到小船邊緣，兩人合力把木桶抬起來丟下船，引來觀眾的聲聲驚呼。

「**好啊！**」觀眾用拉丁語放聲歡呼。羅馬人很欣賞勇士，即使是野蠻人勇士，也能得到他們的尊敬。

「真可惜，」神楓小聲說。「他其實人還滿好的——當然，是以『男生』而言……」

木桶在水中愉悅地浮浮沉沉。

鯊龍群幾乎立刻放棄小船，將注意力轉向木桶。牠們先是悠閒地繞著木桶游泳，

彷彿在嗅聞裡頭的味道，牠們游得越來越快、越來越快，越來越近、越來越近……

「天啊，小、小、小嗝嗝，」沒牙呻吟著飛在上方，邊飛邊試圖用翅膀遮住眼睛。「希望你的計畫有用……」

小嗝嗝坐在木桶裡，想法和沒牙一模一樣。木桶裡的水淹到他腰間，他看不到外面發生什麼事，只知道周遭的水不停震顫，鯊龍經過時尾巴激起的水流擦過木桶，讓裡頭的小嗝嗝跟著搖來晃去。

他已經後悔提出這麼愚蠢的計畫了。他什麼都看不見，除了自己狂亂的心跳聲，什麼也聽不見……然後，他發現木桶裡的水開始震動了。

這是鯊龍呼叫同伴的聲音。想到這裡，小嗝嗝就止不住身體的顫抖。

砰框——！

木桶猛然左右搖晃，小嗝嗝撐著木桶內側，試圖讓它穩定下來。他在桶內焦急地張望，試圖看清危險在哪裡。

應該是鯊龍從旁邊游過時，水流沖到桶身造成的。他心想。他怕得快要崩潰了。

砰隆隆——！

木桶又被撞得連連轉圈，這次力道更猛了，小嗝嗝在裡頭翻滾了好幾圈。

神楓和魚腳司驚恐地摀著嘴巴，站在船上看鯊龍玩弄木桶，彷彿玩弄小老鼠的巨貓。沒牙一直從空中衝下去撞鯊龍，試圖轉移牠們的注意力，可是牠們根本不理牠。

鯊龍用尾巴激起水流，讓木桶在龍群中滾來滾去，但牠們還沒動用身軀觸碰木桶。

這時，牠們突然退開，圍成較寬的圓圈。

小嗝嗝在木桶裡邊咳嗽邊爬回水面。木桶不再旋轉，一切恢復平靜，只剩下海水拍打木板的聲響。小嗝嗝瞭解龍族的習性，牠們此時撤退，一定是為了卯足全力給木桶最後一擊。

小嗝嗝恨不得馬上跳出木桶，游回船上。

但他很努力克制這份慾望，要是現在離開木桶，他就死定了。

看不見外面情況真的很可怕，而且他還得保持靜止……明明四周都是可怖的猛獸，也許就在下面、也許離小嗝嗝只有一公尺，隨時可能從任何方向攻過來……

嘎、嘎、嘎吱？？？？！

小嗝嗝左邊的木板被猛力一撞，瞬間凹了進去，差一點點就要斷成兩截。

駭人的黑牙出現在小嗝嗝鼻子正前方，接著又隨著主人退去。

「**齊格拉斯提卡！**」小嗝嗝尖叫。「**快、一、點！**」

鯊龍群和木桶之間幾乎不剩任何距離，牠們繞著木桶游泳時身體互相摩擦，其中一隻噴出水雷般的一股龍火，木桶瞬間燒了起來。

「聰明的朋友啊，」阿爾文看著漂在水面燃燒、被四隻凶猛鯊龍包圍的木桶，得意地說。「你不是打敗了巨無霸海龍和恐絞龍嗎？你**這一次**打算怎麼脫身啊？我必須說，我覺得你這次死定了……」

四隻鯊龍同時出水，撐開翅膀。

這是個令人膽顫心驚的畫面。

嘩啦嘩啦嘩啦——！

每隻鯊龍都有兩顆頭，眼睛和雙髻鯊一樣長在突起物上，牠們也因為頭部呈鐵鎚狀而得到「索爾的寵物狗」這個別稱。

鯊龍的後排牙齒能噴射出去抓住獵物，再拖著可憐的獵物回到嘴裡，和蜥蜴伸長舌頭抓蒼蠅的方式很像。

四隻怪獸的眼睛在突出的構造上轉動，強而有力的尾巴攪著海水。牠們凶猛地嘶號著，一邊撐開前排牙齒，第二排牙齒彷彿有了自己的生命，在往前移的同時不停用力咬合。

鯊龍群在原處停留片刻，突出構造上的眼睛轉了轉，聚焦在目標上。

接著，牠們尖叫一聲跳上前，一起撲向木桶……

嘎吱！

木桶左右裂成兩半，這一幕讓魚腳司、神楓、觀眾與鯊龍都看呆了……因為下一秒，小嗝嗝直接從木桶裡「飛」了出來。

第二十章　大神小嗝嗝

成千上萬的羅馬人來到競技場，就是為了看好戲。

他們滿心期待能看到鮮血、內臟、英雄事蹟與驚人的本領。

「現在」的表演果然值回票價。

從來沒有人看過這種表演。

怎麼會有飛天的男孩？

觀眾震驚地從座位上跳起來。

魚腳司差點摔下船。

小嗝嗝展開雙臂，緩慢而莊嚴地在水滴中往上飄，

彷彿有神祕的魔力托起他的身體。

「太厲害了。」神楓悄聲說。

「我不曉得他是**怎麼**做到的，可是真的太厲害了。」

小嗝嗝不停往上升，飄到競技場上方的金屬網之下，之前亮牙龍曾絕望地用利牙啃咬金屬網，卻毫無效果……

然而小嗝嗝手一揮，網子瞬間從中裂開……

他衝出金屬網，高掛在空中，全場每一雙眼睛都緊盯著他。

胖執政官跪了下來，就連阿爾文也看得

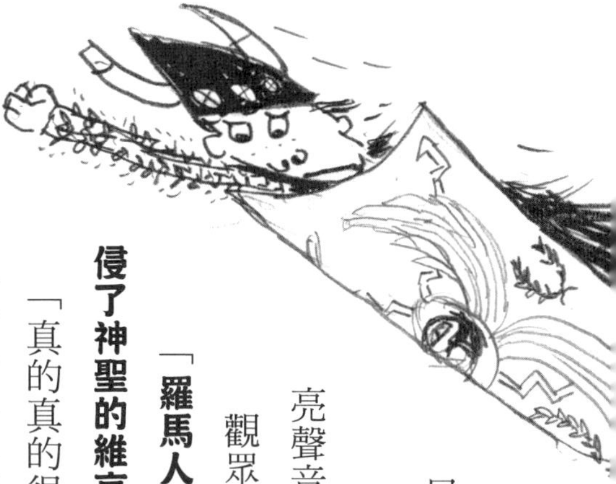

目瞪口呆。

「**我的名字，**」小嗝嗝用拉丁語，以他從未用過的宏亮聲音說。「**是雷神索爾，我是維京部族的古老天神！**」

觀眾連連驚呼。

「**羅馬人啊，盡情發抖吧，**」小嗝嗝的嗓音震耳欲聾。「**你們入侵了神聖的維京土地，現在我生氣了……**」

「真的真的很抱歉……」胖執政官結結巴巴地用拉丁語回答。

「**為此，**」小嗝嗝正經八百地用拉丁語沉聲說。「**我對你們的領袖施了瘟疫病……**」

胖執政官難受地抓癢。

「**而且，我將讓你們永遠生活在瘟疫的痛苦之中……除非你們答應離開這裡，再也不回來。**」

「我們答應你，」胖執政官說。「偉大的天神啊，」他哭著說。「我把我的盾牌給你，我們羅馬人再也不會侵擾維京人，也再也不會來北方了。」

「**我願意收下你的盾牌，並接受你的承諾。**」小嗝嗝高聲說。「**另外，把你僕人從我這裡偷走的書還回來……喔對了，還有一件事……**」

「天神請說，請說。」胖執政官哀求道。

「**你下半輩子不准吃肉，只准吃素。**」

天神般的小嗝嗝飛向胖執政官的座位。

胖執政官跪著將方形羅馬盾牌獻給小嗝嗝，阿爾文不停發抖的手伸進胸前口袋，拿出破破爛爛、用羅馬金絲縫在一起的兩個半本《龍語詞典》。

他手忙腳亂，設法想解除之前在書中設下的陷阱——阿爾文這個人很謹慎，他不久前把某個「很討厭」的東西夾在書頁間，那是種名叫渦蛇龍的奈米龍，不知情的人翻開書就會收到一份大「驚喜」。阿爾文不希望天神被他的陷阱惹怒，急著抖出那隻有毒的奈米龍時，突然近距離瞥見小嗝嗝身上的衣服……

「等一下……」阿爾文說。

已經太遲了。

小嗝嗝從他手裡搶過《龍語詞典》（請注意，那隻渦蛇龍還夾在裡頭），快速飛上天。

他得意地高舉盾牌，用拉丁語大聲說出最後一段話：

「這面盾牌象徵你們對我的承諾……假如違反諾言，就只能請你們回去告訴你們的凱撒，我的憤怒將深入羅馬帝國的核心，羅馬將被隨之而來的暴雨沖到潰散……」

小嗝嗝用劍指向水堤。
就在這時，水堤表面出現幾道裂痕。
它從中裂成兩半，好幾噸海水湧入競技場。

第二十一章　沒人能困住沼澤盜賊

被小嗝嗝唬得一愣一愣的觀眾，這才意識到大事不妙。

他們剛才像是睡著了，現在才回到真實世界，發現自己將被洪水沖走。

更慘的是，大家都忘了鯊龍的存在，原本用來保護觀眾的金屬網被小嗝嗝撕裂了，水裡的鯊龍即將觸及木造觀眾席。

一隻鯊龍猛然往上跳，快要落到觀眾席上，觀眾驚恐地尖叫。鯊龍沒抓住滑溜的木臺邊緣，又落回水中，但現在海水以驚人的速度沖進競技場；再過不久，鯊龍就能爬上觀眾席了。

今天的娛樂節目——「適者生存」——突然變得非常有趣，剛才還笑著看

亮牙龍從掠食者變成獵物的觀眾，當自己也成了獵物時，沒有人能笑得出來……

人們一窩蜂湧向競技場大門，他們互相推擠，尖叫著要人開門。

在水壓的作用下，競技場大門被猛然沖開，海水傾灑在外頭的山坡地。

魚腳司和神楓專心開著船。

飛在空中的小嗝嗝降了下來，落到小船上。

沒牙不知從哪裡冒出來，降落在小嗝嗝肩頭。

「我真的不知道該說什麼了。」神楓說。「你是怎麼辦到的？」

小嗝嗝指著自己的上衣說：「妳仔細看就知道了。」

神楓和魚腳司湊上前，發現小嗝嗝的上衣似乎變色

了。他們定睛一看，才意識到那根本不是衣服，而是數以百萬計的小生物，這些長了翅膀的小動物小到幾乎無法用肉眼看清，全都抓著小嗝嗝的衣服——這個，就是小嗝嗝飛行的奧祕。

這是齊格拉斯提卡數量龐大的奈米龍軍團。

齊格拉斯提卡原本在小嗝嗝胸口發號施令，現在飛離小嗝嗝，對神楓和魚腳司鞠躬。

「這個超級糟糕的計畫成功了。」牠愉悅地宣布。「這是我——偉大的齊格拉斯提卡——的功勞！我真是太棒了！我的帝國真是太強大了！我的子民真是太厲害、勢力太龐大了！」

「而且我們運氣很好。」小嗝嗝笑著說。

「完全沒肌肉的男孩啊，我必須離開你了。」齊格拉斯

提卡似乎有那麼一點哀傷。「我完成了任務，報答了你的恩情，而且說到底，你還是個臭呼呼的人類……」

「謝謝您。」小嗝嗝說。

「但我必須說，對世界上所有的小生物而言，今天是光榮的一天……」

齊格拉斯提卡一聲令下，奈米龍群像小型烏雲般飛了起來。那朵灰雲飛上空中，消失在天際。

飛行時，牠們唱出一首歌，這是羅馬人該銘記於心的一首歌……但羅馬人正忙著東奔西逃，無暇聽歌。

給帝王的警告

等著瞧

有著羅馬帝國與羅馬口臭的羅馬人

你們該留意世界上的小東西
因為我們總有一天會讓你們死得很慘
你們生活在天上
建造溝渠與競技場
從不考慮「我們」
但我們生活在草叢中
看得見你們
若你們彎腰傾聽
也許會聽見無數雙腳的腳步聲
我們前來啃食——
橫跨一座大陸的高牆
用奴隸血淚建造的神殿
你們最宏偉最壯觀的造物

將在我們口中化為灰燼
所以胖屁股、鐵石心腸的凱撒們
你們等著瞧
等著瞧

「手臂跟繩子一樣細的男孩，再見了……」齊格拉斯提卡唱道。「祝你們一路順風……」

唱完，牠就消失了。

「你怎麼就這樣讓他走了？」魚腳司尖聲說。「我們還沒脫險耶！我們還困在競技場裡，而且到處都是鯊龍！」

「鯊龍群好像對觀眾比較感興趣，」小嗝嗝說。「所以我才請齊格拉斯提卡派奈米龍軍團咬破金屬網，又花一整個晚上把水堤咬穿。這都是計畫的一部分——現在水提壞了，我們可以直接開船出去……」

小嗝嗝揮手比向競技場敞開的大門，海水正不停往外流，彷彿成了一條大江。

「太厲害了。」神楓說。「我不得不說，你真的很厲害……當然，是以男生而言。」

小嗝嗝已經走到船舵前，讓小船轉向敞開的大門。

英靈神殿特快號朝競技場大門行進。

「我們要離開這裡了！」魚腳司歡呼。「快成功了！」

英靈神殿特快號正要接近大門……

……然而，阿爾文發現他們想趁亂逃走，他下令降下閘門，將英靈神殿特快號切成兩半。魚腳司、神楓和小嗝嗝落到水裡，被鐵閘門困在競技場中，浸在冷得難以呼吸的海水裡。

「**啊啊啊啊**！」魚腳司尖叫，差點跳出水。他怕鯊龍怕得半死。

「快爬上閘門。」小嗝嗝令道。

三個小維京人游到閘門前，小嗝嗝拖著魚腳司游泳，沒牙則飛在後方。他們爬上鐵閘門，爬了大約兩公尺，三人一龍像四隻溼答答的小蜘蛛，害怕地抱著鐵柵。

隔著滑溜的鐵柵，他們看見大海與自由，明明近在眼前，現在卻離得太過遙遠。觀眾的尖叫聲此起彼落，逃離鐵籠的龍群形成一朵又一朵迅速飛走的雲（奈米龍軍團也把龍籠的鎖啃壞了）。

羅馬人跑回自己的船上，全速返回羅馬。

小島成了鯊龍的天下，牠們爬上城牆，毀去士兵的帳篷，甚至有一、兩隻已經爬進胖執政官的溫水池泡澡了。

「現在該怎麼辦？」神楓牙齒打顫地喊。

「我放棄！」小嗝嗝大聲回答。一陣強風差點將他吹落閘門，他凍僵的手指不曉得還能撐多久。

「我制定計畫時沒想到會發生這種事啊，妳還要我怎麼樣？『妳』才是逃脫專家，不是嗎？那就交給逃脫大師神楓了。妳不是說過，沒人能把妳鎖在牢裡嗎……」

「只要你承認女生比男生強很多很多，」神楓叫道。「逃脫大師神楓就想辦法帶你逃出去……」

「作妳的白日夢吧。」小嗝嗝咧嘴一笑。

「好！」神楓高呼。「不管怎樣，逃脫大師『神楓』還是會設法離開這裡……沒人能困住沼澤盜賊！你**確定**要跟我走嗎？」

「帶路吧！」小嗝嗝的笑聲有點瘋狂。「我們總不能永遠待在這裡吧？」

神楓抬頭看，競技場入口上方，有一顆用繩索綁著的監視熱氣球。

「既然不能**開船**離開，」她大喊。「那我們就**用飛的**！」她指向熱氣球。

「啊啊啊我的天啊……」魚腳司難過地呻吟，邊慢慢跟著小嗝嗝和神楓往上爬。「天神奧丁要是想讓人類飛上天，那祂早就讓我們長出翅膀了……魚腳司，不要往下看，不要往下看……」

神楓熟練地往上爬，她最先爬到閘門頂部，小嗝嗝也跟著爬上來，兩人爬進熱氣球的籃子。

籃子裡沒有人，只有一隻被困在籠子裡、一臉憂鬱的葛倫科，牠每隔一段時間就會噴火增加熱氣球的空氣，讓氣球往上飄，可是熱氣球用繩子固定住了，不可能飛遠。

「**蛇族的兄弟，你好，**」小嗝嗝氣喘吁吁地說。他小心地四下張望，看看有沒有羅馬士兵躲在籃子的角落。「**這裡只有你一隻龍嗎？沒有別人？**」

「**士兵都跑去看薩圖恩日競賽了，**」葛倫科說。「**老實說，這樣也不錯，至少沒有人吵我。**」

「**我們打擾到你了嗎？真是抱歉。**」小嗝嗝說。「**我們現在要攻占這顆熱氣球，這是軍事危機……**」

「**沒問題，**」憂鬱的葛倫科說。「**我很樂意幫**

忙。已經好久沒人好好和我說話了，他們平常都直接打我。」

「怎麼這樣。」小嗝嗝同情地說。看到有動物被囚禁或虐待，他覺得很難受。「我們一回到家就放你自由，但現在情況有點緊急，只能先請你幫忙了。」

「我不是不喜歡這份工作，」葛倫科對他說。「飄在空中也不錯——這裡很平靜。你們什麼時候要出發？」

「快了，」小嗝嗝回答。「等我們的朋友爬上來，就立刻出發。」他湊到籃子邊緣往下望，看見魚腳司的頭頂緩緩爬上閘門，下方那群興奮的鯊龍一次次從水裡往上跳，群眾則瘋狂逃竄。「**魚腳司**！能不能快一點！」

「我已經盡全力了！」魚腳司生氣地說。「我又沒有停下來看風景！」

「他、他、他最好爬快一點，」沒牙在小嗝嗝耳邊說。「沒牙看、看、看到討厭的阿爾文往這邊來了。」

果不其然，阿爾文正沿著競技場外牆的頂部奔向他們。

「沒牙，你想辦法拖住他。」小嗝嗝下令。「**魚——腳——司！你再不快點就來不及了！**」

沒牙飛到阿爾文身邊，拉扯他的托加長袍。「你這隻可惡的爬蟲動物，早知道就趁你被抓住時殺死你了！」阿爾文咒罵著揮動金鉤，試圖抓住沒牙。阿爾文分心時，魚腳司奮力爬上牆頭。

小嗝嗝把魚腳司拉進籃子，神楓一劍割斷繩索。「**快，快，快！**」神楓大聲催促。葛倫科朝氣球內部噴一口明亮的火焰，氣球離開高牆，開始往上升。

但在它上升的同時，一根金鉤插入籃子底部，勾著不放。

葛倫科又呼出一大口龍火，熱氣球優雅地飛上天，可怕的金鉤連著奸險的阿爾文一同往上飛。

「對、對、對不起。」沒牙說。牠緊急降落在小嗝嗝的頭盔上。「沒牙拖不住他了。」

魚腳司往籃子下一望，接著瞪大雙眼看向小嗝嗝。「不會吧，怎麼是他？」

他呻吟著說。「這一定是場噩夢——為什麼他又跟過來了！」

小嗝嗝壯著膽子，看向籃子下方。

熱氣球不斷上升，陰邪堡變得越來越小。

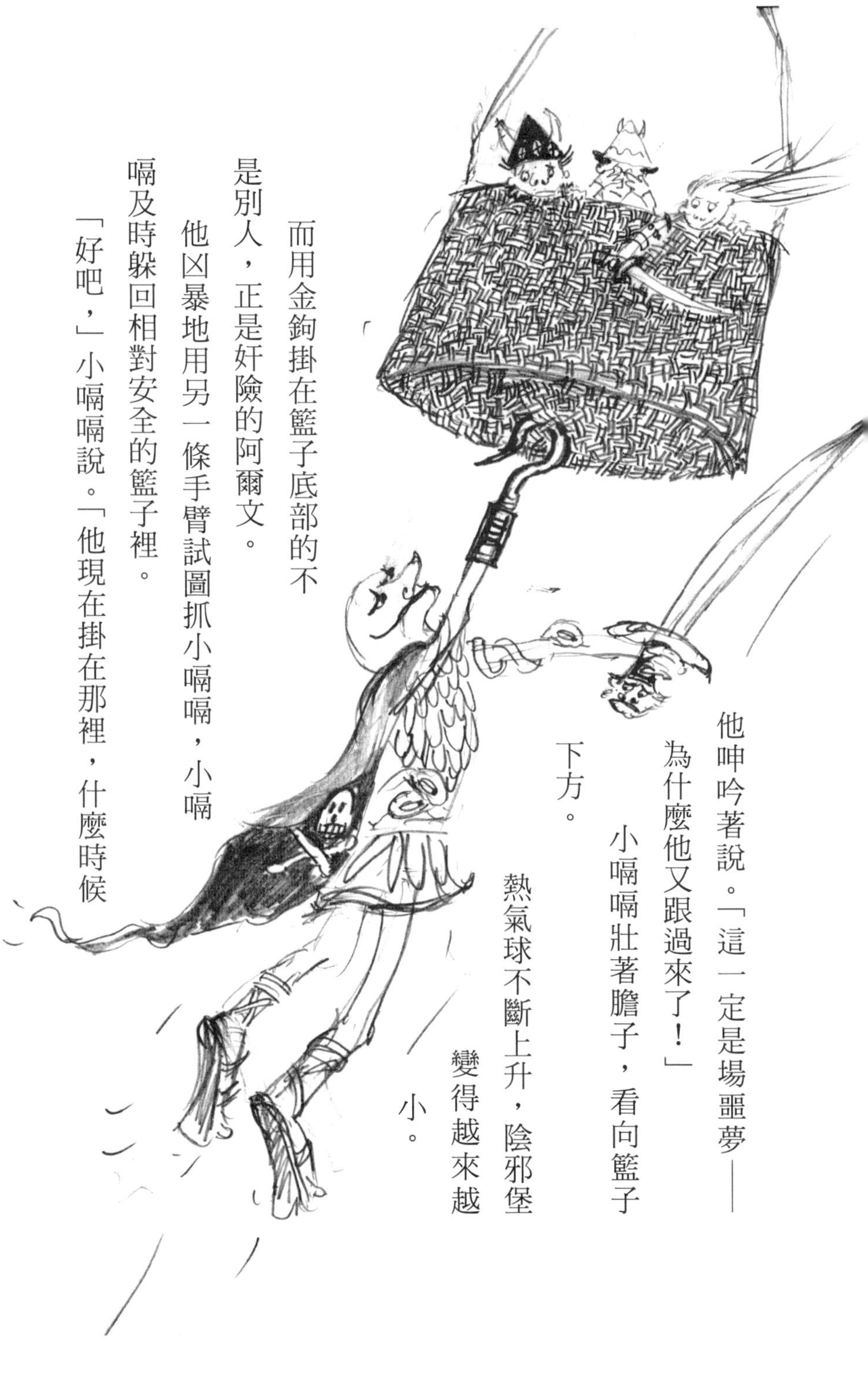

而用金鉤掛在籃子底部的不是別人，正是奸險的阿爾文。

他凶暴地用另一條手臂試圖抓小嗝嗝，小嗝嗝及時躲回相對安全的籃子裡。

「好吧，」小嗝嗝說。「他現在掛在那裡，什麼時候

爬上來都不奇怪……我們要順時針奔跑。沒牙，**你抓住這條繩子，拉著它順時針飛行。**我們得讓熱氣球旋轉……」

大家同心協力地奔跑與拉扯繩索，熱氣球緩緩轉了起來，接著越轉越快，和被風吹得直打轉的海鸚希望號一樣瘋狂旋轉。

氣球與籃子旋轉時，阿爾文手臂上的金鉤很慢、很慢、很慢地被轉鬆。

奸險的阿爾文發現金鉤鬆了，明白小嗝嗝的想法，卻阻止不了小嗝嗝等人。「小嗝嗝．何倫德斯．黑線鱈三世，我們走著瞧！」金鉤旋扭最後一圈時，阿爾文放聲咒罵。「我們走著瞧——！」

他開始下墜，墜入滿是鯊龍的海裡，籃子底部只剩一個金鉤。

熱氣球繼續往上飛，阿爾文的尖叫聲變得越來越遙遠，龍鳴也越來越小。不久，陰邪堡吵雜混亂的噪音都消失了。

小嗝嗝、魚腳司和神楓癱倒在籃子裡。

熱氣球平靜地持續飄移，周遭只剩葛倫科輕輕噴火的聲響，以及三個維京孩子的喘息聲。心跳漸漸平復下來、發現自己可能終於——終於——安全了，三個孩子慢慢綻放笑容。

「呼——」臉頰發紅的神楓說。「好險喔……我就說吧，沒人能困住沼澤盜賊！你們兩個也表現得不錯嘛……當然，是以男生而言。」

小嗝嗝跌跌撞撞地站起來，望向籃子下方。

一陣暖風拂過他的頭髮。

「你們看！」小嗝嗝高喊著指向下方，興高采烈地面對魚腳司和神楓。「那是我父親的戰士團隊！他真的派人來救我了！」

「你在高興什麼？你不覺得他們來得**太**晚了嗎？」魚腳司嘀咕。「要是他們早一天來，我今天就不會一直覺得心臟要爆掉了……」

「這不是重點，」小嗝嗝笑嘻嘻地說。「重點是，他有派人來救我。他不覺得鼻涕粗比我更適合當繼承人。」

第二十二章　小英雄回歸

藍鯨號的甲板上，偉大的史圖依克等著沼澤盜賊部族的族長——大胸柏莎——來訪。

史圖依克最後選的不是計畫A（和沼澤盜賊部族一決勝負），而是計畫B（派出戰士隊伍），可是大胸柏莎領著沼澤盜賊部族所有船隻，從博克島一路跟著毛流氓搜救隊航行，害史圖依克無法執行計畫B。

於是，史圖依克派信使龍捎一封（很有禮貌的）信給大胸柏莎，請她來好好談判。

現在，史圖依克在甲板上來回走動，不斷想

著小嗝嗝在這種情況下會怎麼做。「我必須冷靜，」他喃喃自語。「小嗝嗝說得對——血仇總有一天會害死所有維京人，身為族長，我就得想辦法解決問題……」

「史圖依克，你一定要用力揍大胸柏莎．沼澤盜賊族長的鼻子一拳！」啤酒肚大屁股大吼。「如果你不揍，那我就自己揍她……」

「我只跟死掉的沼澤盜賊和平共處。」鼻涕粗冷笑。鼻涕粗對現在的情勢十分滿意，他覺得小嗝嗝終於被除掉了，接下來毛流氓部族和沼澤盜賊部族要大打一架，他又有機會展現自己超強的戰鬥技能了……

史圖依克不理他們，繼續來回踱步。「我得**冷靜**地對大胸柏莎解釋，我覺得偷了兩族繼承人的是羅馬人，我這次帶戰士隊伍出海就是為了找他們。我得保持冷靜……」

大胸柏莎大步上船，鬍子一根根豎起。她的拳頭像鐵鎚，耳朵像白花椰菜，有一次她用碩大的胸部打暈了雄鹿，還曾有無數隻較小的動物被她的胸部

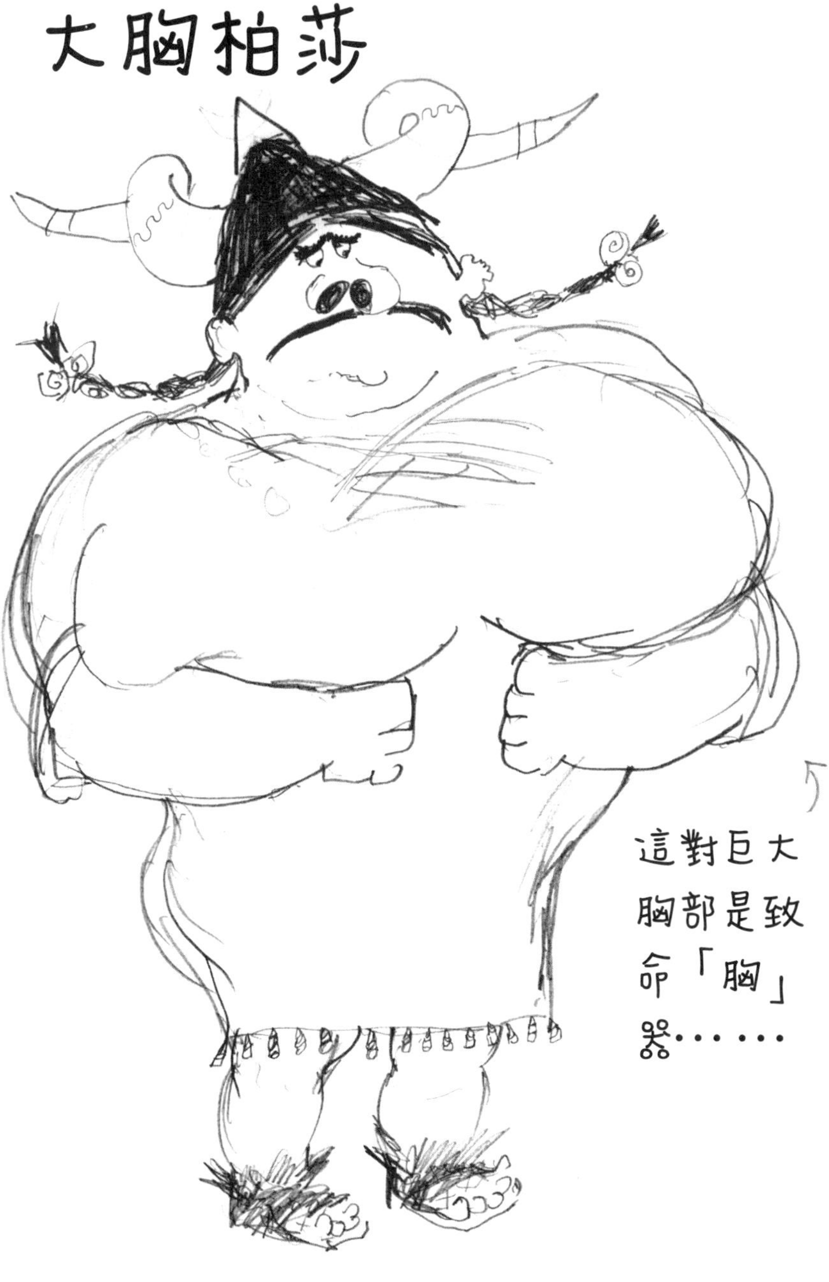
大胸柏莎
這對巨大胸部是致命「胸」器……

悶死。她高傲地一把推開啤酒肚大屁股，雙手扠腰站在史圖依克面前。

史圖依克用力吞口口水，感覺自己的耳朵越來越燙了。「史圖依克，冷靜。」他警告自己。「唉，怎麼這麼難……」

這根本是不可能的任務。

「**我從前就知道你是個過胖的小偷，也知道你會偷別族的繼承人，**」大胸柏莎大吼。「**可是我作夢都沒想到，原來你會像隻膽小的水母一樣，看到我就逃走！**」

「**我沒有逃走！**」史圖依克大喊。他很努力克制自己，努力到腦袋快炸裂了。「不行，史圖依克，你要冷靜——別忘了保持冷靜。」他低聲對自己喊完話，又繼續說：「我強烈懷疑偷走我們兩族繼承人的，是羅馬人。我這是派戰士隊伍去救——」

「**強烈懷疑你個頭！**」大胸柏莎沉聲怒吼。「**你就是在逃！你們毛流氓是內海群島最弱的小兔兔！**」

「妳眼前這個毛流氓就算一隻手綁在背後，光用小指都能打敗妳！」偉大的史圖依克尖叫。兩位族長對著對方的鼻子破口大罵，眼看計畫B很快要變回計畫A——這時，他們聽到了什麼，一起抬頭往天上看。他們震驚地發現，有一顆巨大的監視熱氣球正迅速朝這個方向下降。剛才沼澤盜賊們和毛流氓們忙著互瞪，都沒注意到天上這顆熱氣球，但現在它消了一半的氣，尖嘯著以時速約一百英里的高速墜向藍鯨號，所有人都注意到它了。

看見毛流氓戰隊時，小嗝嗝提議大家想辦法讓熱氣球降落在其中一艘船上。他們請憂鬱的葛倫科停止噴火，讓氣球下降，又請沒牙咬住繩索，控制熱

氣球下降的方向。

「工作，工、工、工作，怎麼又是工作。」沒牙忿忿不平地嘀咕。「為什麼每次都是沒牙在做事？」

「因為只有你有翅膀。」小嗝嗝耐心解釋。

熱氣球下降時，神楓的上半身幾乎都掛在籃子邊緣，她很享受風拂過頭髮的感覺。「我不得不說，那些羅馬人還挺**聰明**的嘛！這才是像樣的交通工具……你們覺得**我們**有辦法建這種東西嗎？喔——你們看毛流氓部族的船旁邊，那些是不是**我母親**的船啊？」

小嗝嗝也湊過去看。「對耶，」他訝異地說。「說不定大人終於懂事了，決定派出救援隊！老實說，我還滿驚訝的——維京部族居然也有進步的一天。」

若不是奸險的阿爾文在《龍語詞典》裡留下小陷阱，熱氣球也許能一直平穩地下降。

阿爾文的陷阱，是一隻和齊格拉斯提卡差不多大的鮮黃色小龍，牠是渦蛇龍。

這隻渦蛇龍爬出小嗝嗝的口袋，緩緩掃視籃子裡的三個維京人，看到他們放鬆的模樣……接著，牠沿著魚腳司的褲管往上爬。

渦蛇龍爬到魚腳司手上時，魚腳司才注意到牠的存在，他大喝一聲用力甩手。渦蛇龍被往上甩，尖銳的尾巴硬生生在熱氣球表面撕出一個大洞。

下降的速度變快了。

偉大的史圖依克和大胸柏莎猛然跳開，熱氣球的籃子正巧迫降在他們兩人之間的甲板上。

氣球的布料和藍鯨號的船帆纏在一起。

眾人震驚地沉默半晌。憂鬱的葛倫科、沒牙、神楓、魚腳司和小嗝嗝一一爬出翻倒的籃子。

～維京龍族與龍蛋～

渦蛇龍

這種鮮黃色奈米龍

脖子的腺體和尾巴都有

毒，被螫到的人絕對會死。

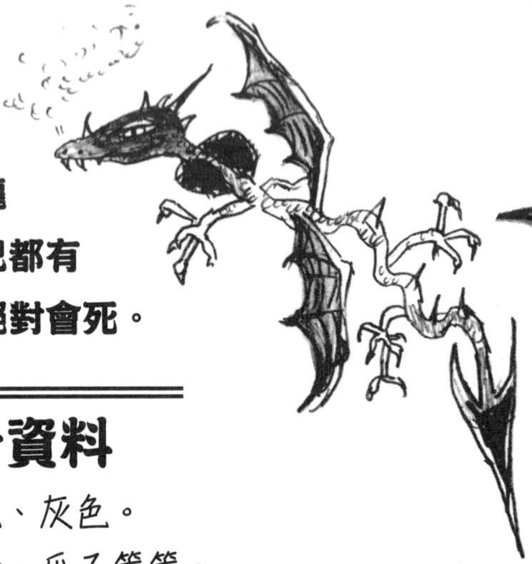

統計資料

顏色：黑色、綠色、灰色。

武器：鋸齒狀利牙、爪子等等。

恐怖：……………9

攻擊：……………9

速度：……………8

體型：……………1

叛逆：……………9

沙響龍的近親

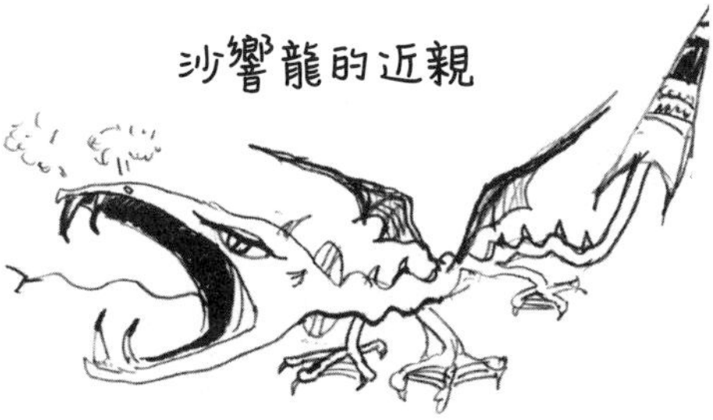

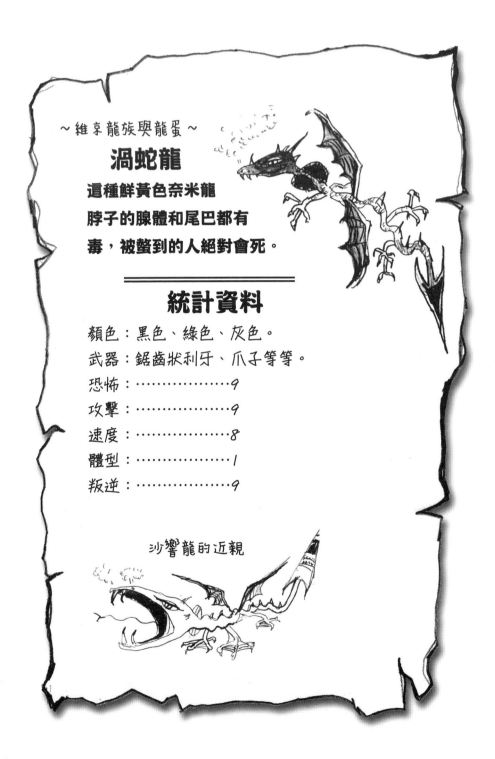

毛流氓們和沼澤盜賊們發現自己的繼承人平安歸來，都大聲慶祝起來，原本用戰鼓奏出的戰歌轉為勝利之歌，兩排戰船傳出歡呼聲，戰士們也開心地朝天上射箭（其實我不建議你這麼做，你可能會戳瞎自己或別人——但毛流氓部族和沼澤盜賊部族就是這麼沒常識）。

史圖依克抱著兒子沒說話……不過小嗝嗝知道他想表達的話。

「史圖依克，」大胸柏莎開心地把女兒扛到寬大的肩膀上，對史圖依克說。「我想給你一份小小的禮物，做為賠禮。」

她拍拍手，一名沼澤盜賊戰士拿著一面巨大盾牌走來。

「哇，奧丁的肚肚啊！」魚腳司盯著盾牌驚呼。「你們知道這是什麼嗎？這可是恐怖陰森翳的盾牌啊！」

沒錯，這正是恐怖陰森翳的盾牌，它在多年前的戰役中被沼澤盜賊部族奪走，從那之後就一直是沼澤盜賊部族的戰利品。

盾牌是完美的圓形，中間的圖案是個戴著海草王冠的骷髏頭，周圍則是海浪與互相繞圈追逐的龍。

鼻涕粗眼睛亮了起來。

鼻涕粗原本很失望，因為小嗝嗝**再次**活著回來了，沒有淹死、也沒有被鯊龍吃掉，而且目前看來毛流氓部族和沼澤盜賊部族也不太可能發起戰鬥。

可是看到盾牌的瞬間，鼻涕粗覺得他有機會證明毛流氓部族的下一任族長應該是「他」，而不是小嗝嗝。

鼻涕粗拿起恐怖的陰森鬍的盾牌，得意地將它高高舉起。

這是萬分光榮的一刻，鼻涕粗身姿挺拔地站在船上，滿身肌肉與刺青映著夕陽，最後的陽光灑在天際，使盾牌反射一道道耀眼的銀光。

旁觀的一些毛流氓腦袋不怎麼靈光，有的人在狀況外，看到鼻涕粗這副模樣就以為他救了所有人，開始大喊：「**鼻、涕、粗！鼻、涕、粗！鼻、涕、粗！**」沼澤盜賊們聽了也開始高呼：「**神——楓！神——楓！神——楓！**」

「真是的，我的雷神索爾啊！」魚腳司說。「不行，不能再這樣了！鼻涕粗，這件事跟你沒有關係——你當時根本就**不在場**好嗎！是**小嗝嗝**救了所有人，是**小嗝嗝**想到妙計，而且毛流氓部族的繼承人是**小嗝嗝**才對！」

「魚腳司，**去推**他一下！」坐在母親肩膀上的神楓提議。

魚腳司用力推了鼻涕粗的肚子一下。

平時魚腳司根本不可能把鼻涕粗推倒，但鼻涕粗現在高舉著盾牌，重心比較不穩，就這麼被魚腳司推下船，還濺起一大波海水。

大家震驚地沉默片刻。

然後，偉大的史圖依克仰起毛茸茸的頭，放聲大笑：「**哈！哈！哈！**」

兩族的歡呼變為大笑聲，他們最喜歡這種簡單的惡作劇，也最喜歡看別人跌倒、身體弄溼或沾到泥巴了。眾人笑得很大聲，笑了很久，只有維京人有辦法笑得這麼失禮——他們笑得喘不過氣、直不起腰，還大力拍著別人毛茸茸的背。薩圖恩日的夕陽在紅色、粉紅色與金色的壯麗光芒中西沉，大家在餘暉中歡笑。

鼻涕粗被他父親——啤酒肚大屁股——從海裡拉出來，還緊抓著恐怖陰森鬍的盾牌不放。他不得不跟著其他人一起笑，免得別人覺得他開不起玩笑。

「小嗝嗝，」史圖依克終於止住笑聲，抹掉眼角的淚水，對兒子說。「**我**也有一份給**你**的禮物。」

史圖依克帶小嗝嗝走到藍鯨號的船尾，船尾綁著一條繩索，繩索另一端綁在一艘又小又圓、船桅歪斜，整體往左傾斜的小船……

「海鸚希望號！」小嗝嗝開心地驚呼。

「戈伯潛到毛流氓港幫你拖上來的。」史圖依克粲笑著說。

「我幫你把洞補好了。」戈伯大聲說，也用力拍拍小嗝嗝的背。「我們一定會讓你成為合格的維京人的。」

「你要不要跟你那隻『沒啥』、你朋友『魚咬死』和『神什麼』一起帶領船隊回博克島，當作是勝利的海上遊行？」史圖依克問。「難得我們崇高的毛流氓部族和沼澤盜賊部族的繼承人在同一天回歸嘛……」

夜幕降臨，蠻荒群島的一座座島嶼從綠色變成灰色，又變成黑色。海上的船隻輕輕搖擺，維京戰士們點燃掛在船側的照明燈。

一隻隻電蠕龍亮了起來，像小小的火星在海面上舞蹈，留下星星點點的光痕。

海上平靜無波，天上的滿月映照在水裡，從船隊到天邊的博克島之間的海水都灑著月光。

小嗝嗝、沒牙、魚腳司和神楓爬上海鸚希望號，小船雖然一度沉到海底又被拖回水面，狀態卻和之前差不多。

這時，如果有陌生人看著這支夜間行進的維京船隊，可能會覺得很驚訝。維京人不是海上霸主、史上最強的海盜與航海民族嗎？

可是這天晚上，毛流氓部族和沼澤盜賊部族的戰船形成兩條燃著火把的長蛇，狂亂地蛇行前進、原地轉圈和迴轉，大家在黑暗中歡笑、道歉與咒罵。

每艘船都跟著最前頭那艘嬌小的海鸚希望號，在月光下旋轉、拐彎與迴旋，返回博克島。

小嗝嗝・何倫德斯・黑線鱈三世的後記

這一切都是很久很久以前發生的事了，現在我又回到最初的起點。

但現在一想，我環顧這張書桌、這個房間，還能看到許多令我憶起那段時光的東西。

奸險的阿爾文的金鉤至今仍掛在我的牆上，有點像金色的問號；胖執政官獻給我的盾牌仍擺在門邊。

後來，我每次都帶著那面盾牌上戰場，朋友看了總覺得好笑，因為它不是圓形的維京盾牌，而是方形的羅馬盾牌。

但我和它很像，總是和別人格格不入。

我用來寫字的羽毛筆，也是在陰邪堡牢房裡找到的羅馬金鷹羽毛。

看到這些東西，我就會想起過去的種種。我印象最深刻的是熱氣球離開吵鬧的陰邪堡、升上明朗藍天的瞬間；在那一刻，熱氣球宛如完美的幸福泡泡，或像飄過腦海的一絲念頭。

我至今仍忘不了那寧靜的片刻，我們彷彿沒有任何牽掛、沒有任何顧慮，只需飄在無盡虛無之中。

我還記得，當時不過是孩子的我從籃子邊緣往下望，看到我所知的全世界在下方鋪展開來，宛如故事裡的地圖。那一天我首次發現，我居住的地方——我每天努力生活、擔心這擔心那的地方——其實是美麗的群島的一部分，我的博克島和其他數百座綠色小島一起躺臥在閃亮的蔚藍大海中。

我這才發現，我們在這片汪洋組成的宇宙中，其實再渺小不

過——我們不過是趾高氣昂的蟲子！不過是自得意滿的變形蟲！

但我曾對鼻涕粗說過，最重要的不是大小。再怎麼小，依然能為我們的信念奮鬥。我這裡說的「奮鬥」不是用拳頭或刀劍打鬥——維京人總是無法跳脫這種思維框架——我的意思是，是用腦袋、用思想、用夢想去奮鬥。

我們的努力與掙扎也許會顯得太小、太無力、太微不足道，但若像齊格拉斯提卡的奈米龍軍團一樣齊心協力，或許能破壞我們自己打造的牢籠與框架。很多很多年前的那個蔚藍午後，我眼裡的世界是那麼平等、那麼自由，願所有人能團結合作，讓美麗又狂野的世界繼續平等下

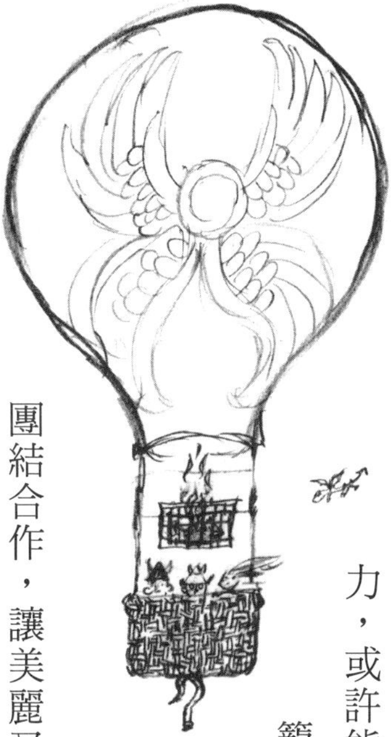

去，繼續自由下去。

我的手曾經穩穩握著努力劍，現在這隻手已經和放太久的燻鮭魚一樣又黑又皺，微微發抖著慢慢寫下這些字句。一度清楚流暢的字跡，現在多了許多墨漬，有時，我連自己上星期二做了什麼都不記得，更別提六十五年前的往事。

但是，即使我不在了，風仍然會吹拂，暴雨仍會下個不停，羅馬帝國與其他勢力依舊會在海洋的某個角落蠢蠢欲動。

未來的英雄，請你們繼續奮鬥下去。

（有毒又刺刺的）結尾

「奸險的阿爾文」從高空落到滿是鯊龍的海裡，應該不可能活著回來了吧？大大小小的維京英雄們，總算總算，該贏來圓滿結局了吧？

但這個結局和其他的結局很像，結尾不僅刺刺的，而且還有毒。熱氣球從天而降，引起大騷動時，沒有人注意到其中一個小英雄被渦蛇龍尾巴刺到，一滴毒液流到這位小英雄體內。

所有人都知道，被渦蛇龍螫到的人絕對會死……

不幸被螫傷的小英雄，究竟是誰呢？

敬請期待小嗝嗝的下一本回憶錄：《馴龍高手IV：渦蛇龍的詛咒》

我不喜歡歡樂大結局，

它們太完美、太美好了，

我喜歡刺激的故事。

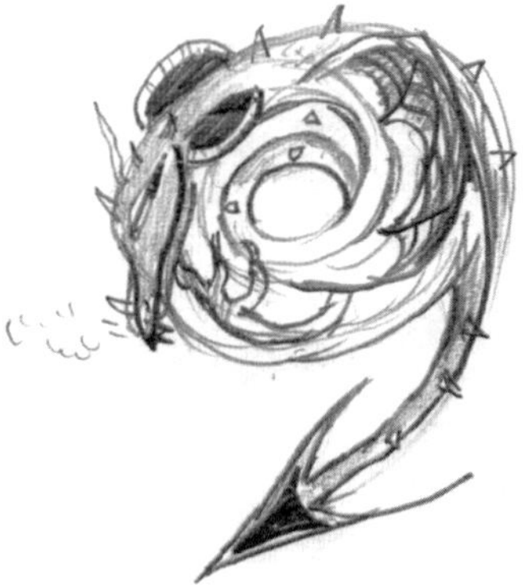

所以，這「並不是」歡樂的結局，

這只是「拜拜再見後會有期……」

也就是龍語的「未完待續」……

奇炫館

馴龍高手III：陰邪堡的盜龍賊

（原名：How To Speak Dragonese）

著　者／克瑞希達・科威爾（Cressida Cowell）
封面內頁插畫／克瑞希達・科威爾（Cressida Cowell）
發 行 人／黃鎮隆
副總經理／陳君平
總 編 輯／洪琇菁
執行編輯／許晶翎
譯　者／朱崇旻
美術編輯／陳聖義
企劃宣傳／邱小祐、劉宣蓉
國際版權／黃令歡
文字校對／施亞蒨
內文排版／謝青秀

出　版／城邦文化事業股份有限公司 尖端出版
台北市中山區民生東路二段一四一號十樓
電話：（〇二）二五〇〇—七六〇〇
傳真：（〇二）二五〇〇—二六八三
E-mail：7novels@mail2.spp.com.tw

發　行／英屬蓋曼群島商家庭傳媒股份有限公司城邦分公司 尖端出版
台北市中山區民生東路二段一四一號十樓
電話：（〇二）二五〇〇—七六〇〇（代表號）
傳真：（〇二）二五〇〇—一九七九

中彰投以北經銷／楨彥有限公司（含宜花東）
電話：（〇二）八九一九—三三六九
傳真：（〇二）八九一四—五五二四

雲嘉經銷／威信圖書有限公司　嘉義公司
電話：（〇五）二三三—三八五二
傳真：（〇二）二三三—三八六三
客服專線：〇八〇〇—〇二八—〇二八

南部經銷／威信圖書有限公司　高雄公司
電話：（〇七）三七三—〇〇七九
傳真：（〇七）三七三—〇〇八七

香港經銷／城邦（香港）出版集團有限公司
香港灣仔駱克道一九三號東超商業中心1樓
電話：（八五二）二五〇八—六二三一
傳真：（八五二）二五七八—九三三七
E-mail：hkcite@biznetvigator.com

新馬經銷／城邦（馬新）出版集團Cite（M）Sdn. Bhd.
E-mail：cite@cite.com.my

法律顧問／王子文律師　元禾法律事務所
台北市羅斯福路三段三十七號十五樓

二〇一九年三月初版一刷

■中文版■

郵購注意事項：
1. 填妥劃撥單資料：帳號：50003021戶名：英屬蓋曼群島商家庭傳媒(股)公司城邦分公司。2. 通信欄內註明訂購書名與冊數。3. 劃撥金額低於500元，請加附掛號郵資50元。如劃撥日起 10～14日，仍未收到書時，請洽劃撥組。劃撥專線TEL：(03)312-4212 ・ FAX：(03)322-4621。E-mail：marketing@spp.com.tw

國家圖書館出版品預行編目資料

駲龍高手III：陰邪堡的盜龍賊 / 克瑞希達．科威爾（Cressida Cowell）作；朱崇旻譯. -- 1版. -- [臺北市]：尖端出版, 2019. 3

冊；　公分

譯自：How To Speak Dragonese

ISBN 978-957-10-8501-2（平裝）

873.59　　107023882